행복하세요.

서른 데이즈

양복선 장편소설

프롤로그   6

못다 핀 꽃 한 송이   29

리어카 노인   79

붉은 용사들   123

웨딩드레스   163

죄   201

책임   265

에필로그   330

작가의 말   334

〈프롤로그〉

죽음을 보는 능력

죽음.

아직까지 그것을 직접 겪어본 사람은 만날 수 없었다. 일인칭으로 죽음을 맞닥뜨리는 것은 곧 그의 인생이 끝난다는 의미였으니까. 그렇기에 후기를 들을 수 없었다. 죽음이란 것이 어떤 느낌이고, 왜 이토록 사람들에게 공포로 각인이 되었는지조차 알 수 없었다. 죽음이란 것은 대비할 수 있는 것이 아니었기에.

그러나 나는 달랐다.

사람의 마지막 날을 알 수 있는 능력. 나에게는 그 능력이 있었다. 어느 날부터 사람들의 머리 위로 보이는 숫자. 그 숫자의 의미를 알게 되었을 때 나는 삶과 죽음을 초월한 그 무언가를 배

우게 되었다.

이것은 죽음에 관한 이야기이다.

그 누구도 신경 쓰지 않았던,
지금 이 순간에도 일어나고 있는.

그런 평범하고도 환상 같은 이야기.

무심코 지나치던, 우리 삶에 가장 가까이에 있던 그런 우리들
의 이야기이다.

망자 서지웅

11월 11일.

살결에 닿은 바람이 무거워졌다. 나도 모르게 몸을 웅크리게 되는 날씨. 겨울이 오고 있었다. 어느덧 그 일이 있고 난 뒤로 일 년이 지났다. 휴대폰 화면에 표시된 생일 표시를 보며 짙은 날숨을 내뱉었다. 11월 11일. 오늘은 처음으로 혼자 맞는 내 생일이었다.

어릴 적부터 자주 가던 동네 마트에 들어갔다. 편의점보다는 크고 대기업의 대형 마트보다는 작은 그런 동네 마트. 추위를 뚫고 들어가 평소라면 만질 일 없는 카트를 양손에 꽉 붙들고 마트 안으로 들어갔다.

조금 큰 마트긴 하지만, 낮에는 사람이 별로 없어 계산대에는 아주머니 한 명밖에 없었다. 익숙한 얼굴이었지만 난 인사를 할 새도, 틈도 없이 빠르게 고개를 돌렸다.

매장에 들어가 평소에는 사지 않던 것들을 카트에 주섬주섬 담았다.

사과. 배. 북어포. 약과….

의식하지는 않았지만, 최대한 머릿속에 떠오르는 대로 하나둘 집어 들어 카트에 넣었다. 가격표는 보지 않았다. 그것을 읽을 정신도, 다른 것과 비교할 정신도 없었기에.

5분도 채 되지 않는 시간이었지만, 어느새 카트는 가득 차 있었다. 자연스럽게 마트를 한 바퀴 돌아 계산대에 도착했다.

삐-

"날이 추워졌네. 좀 더 따뜻하게 입고 다녀."

삐-

"벌써 오늘이 그날인가? 혼자 사는데도 착실하네. 아줌마들끼리도 걱정 많이 했어."

삐-

바코드를 체크하는 소리 사이사이로 계산대에 있던 아주머니의 목소리가 얹어졌다.

친근한 목소리에도 나는 대답 한 번 하지 않았다. 애초에 나는 말을 한 적이 없다. 그저 아주머니만 떠들어대고 있을 뿐.

꽤 많은 말을 걸었음에도 어떤 대답도 돌아오지 않자 아주머니는 이내 입을 열지 않았다.

계산을 마치고 양손 가득 봉지를 들고 마트를 나섰다. 뒤쪽에서 아주머니의 한숨 소리가 들렸지만 그것에 대꾸해줄 힘도, 의지도 없었다.

그날 밤.
평소에는 신경 쓰지 않던 머리까지 드라이기로 단장하고 옷장 깊숙한 곳에 있던 정장을 꺼내 입었다. 정장을 꺼내는 와중에도 내 방에는 불이 꺼져 있었다.

마트에서 사 온 과일과 음식들을 접시에 옮겨 담았다. 그리고는 거실 한편에 상을 펴고 그 위에 가지런히 올려놓았다. 원래는 자리 배치가 있다는데, 핸드폰으로 찾아보는 것도 이상해 그냥 닥치는 대로 올려두었다.

한 시간가량 거실에 홀로 앉아 준비하고 있는데, 초인종이 울렸다. 포장을 뜯던 술병을 내려놓고 현관으로 이동했다. 아무렇게나 놓여있던 슬리퍼를 밟으며 문을 열었다.

"빨리 좀 열어라. 얼어 죽어 삐겠다."

현관 앞에 서 있던 남자의 얼굴을 확인한 나는 대답 없이 몸을 돌렸다. 말끔하게 차려입은 남자가 구두를 벗으며 집으로 들어왔다.

"벌써 준비 다 끝냈네?"

상을 채운 그릇과 음식을 보며 말하던 남자. 너무나도 태연하게 말하고 있었지만, 난 이 녀석을 부른 기억이 없었다.

"왜 왔냐?"

"왜 왔긴? 오늘 네 생일이잖아."

"난 생일파티 한다고 말한 적 없는데."

"그럼 네 생일 말고 이것 때문에 온 걸로 하자. 내가 그래도 아줌마 아저씨한테 얻어먹은 밥이 얼마인데. 첫 제삿날은 와야제."

부드럽게 미소 짓고 있는 녀석. 그 녀석을 보며 한참이나 멍하니 서 있었다. 언제나 그랬다. 내가 가장 힘들 때. 내가 가장 기쁠 때. 기덕은 언제나 내 옆에 있었다.

"그래. 이제 준비는 거의 다 했어. 치우는 것만 도와줘."

"오케이."

음식을 꺼낸 상자와 포장 봉지를 함께 치웠다. 그리고 마지막으로 어머니와 아버지의 사진을 꺼내 음식이 잔뜩 차려진 상 뒤쪽에 세워 놓았다. 처음으로 차려보는 제사상이었다.

그렇다. 오늘은 내 생일이자, 부모님의 제삿날이다. 정확히는 첫 제사. 작년에 교통사고로 돌아가신 부모님의 첫 기일이었다. 옆쪽에 서 있던 기덕이가 술병을 들어 올렸다. 기덕이 덕분에 혼자 쓸쓸히 치러야 했던 첫 제사가 쓸쓸하지 않을 수 있었다.

시간이 흐른 뒤.

제사를 마치고 12시가 넘은 시간. 이제 기덕이가 돌아가야 할 시간이다.

"고맙다."

현관을 나서는 기덕이를 보며 말했다.

"고맙긴. 당연히 와야지. 어차피 일 있어서 서울 올라오는 기였다."

거짓말인 걸 알지만 그냥 넘어가기로 했다.

"그래."

기덕이가 문 앞에 서서 내 방 쪽을 유심히 보았다. 그의 시선을 느낀 나도 고개를 돌려 내 방 쪽으로 시선을 옮겼다. 작게 열린 방문. 안쪽에 불이 꺼져서 아무것도 보이지는 않았다.

난 서둘러 그를 배웅했다.

"잘 가라."

"그래. 다음에 보자."

남자들끼리의 헤어짐은 별거 없다. 그렇게 짧은 대화만을 남긴 채 문이 닫혔다. 집안이 순식간에 조용해졌다. 아니 분위기가 가라앉았다고 해야 하나. 나는 그렇게 몸을 돌려 거실로 들어왔다. 그리고 거실에 놓인 부모님의 사진을 바라보며 말했다.

"일 년. 너무도 길었습니다. 그래도 첫 번째 제사상은 차려드려야 할 것 같아서 버텼습니다. 그러니 저도 이제… 편하게 지낼 수 있게 해주세요."

부모님의 사진을 보며 인사한 뒤 내 방에 불을 켰다. 방 중앙에 놓인 의자와 천장에 매달린 줄. 그것을 보며 난 방문을 닫았다. 눈을 감았다. 굵은 줄 하나에 내 몸을 맡겼다.

***

시끄러운 소리에 눈이 떠졌다.

웅성웅성.

뭐라 설명할 수 없는 소리가 들렸다. 애초에 이 말이 한국말인
지조차 몰랐다. 몽롱한 정신을 붙잡았다. 아직 초점이 돌아오지
않는 시야보다 더욱 이해가 가지 않는 것이 있었다.

"나… 죽었는데…."

그때 귓가에 웅성거리며 맴돌던 목소리가 또렷하게 느껴졌다.

"서지웅. 90년 11월 11일생. 사인. 자살."

목소리가 울리고 동시에 흐렸던 시야의 초점이 잡혔다. 눈앞
에 떡하니 앉아 나를 내려다보고 있는 남자와 눈이 마주쳤다. 목
이 탔다. 마치 며칠이나 물을 마시지 못한 것처럼. 몸이 떨렸다.
맹수와 대치한 것처럼.

꿀꺽.

확신했다. 인간이 아니다. 어떤 존재인지는 모르지만, 범접할
수 없는 강한 존재감이 느껴졌다.

형용할 수 없을 정도로 깊은 두려움이 느껴졌지만, 어째선지
난 남자의 모습을 천천히 눈에 담고 있었다.

평범한 인간과는 비교도 되지 않을 정도로 큰 풍채. 마치 거인을 눈앞에서 보고 있는 것 같았다. 용포를 두르고 관을 쓰고 있었다. 새하얀 얼굴 아래로 하얀 수염이 보였다.

"뭐야. 벌써 또 왔어?"
"보낸 지 몇 분이나 됐다고 망자가 또 와? 참나."
"아니, 한국은 뭐가 있나? 젊은 놈들이 왜 이리 자살을 많이 하는 거야?"

위엄 있게 앉아있는 존재의 아래쪽. 부채로 입을 가린 개구리들이 떠들어대고 있었다. 개구리의 얼굴을 하고 있었지만, 그들은 이족 보행을 하고 인간처럼 옷을 입고 있었다.

확실히 알겠다. 이곳은 꿈이다. 아니면 지옥이거나.

"둘 다 아니다. 이곳은 꿈도 아니고 지옥도 아니다."
단호하게 울리는 목소리. 내 시선은 개구리에게서 다시 의자에 앉아있는 노인에게로 옮겨졌다. 난 분명 말하지 않았다. 속으로만 생각했다. 그러니까 이건….
"제 생각을 읽으신 건가요?"
흰 수염 아래 파묻힌 노인의 입가에 깊은 미소가 지어졌다.

"그래. 난 무엇이든 할 수 있으니까."

"신이… 신가요?"

노인이 작은 콧바람을 내쉬며 기쁘게 미소 지었다.

"이분이 누군지도 모른단 말이냐?"

"이분은 하늘의 왕. 천존의 가장 높은 존재. 인간의 화와 복을 다스리는 신. 옥황상제시다."

"참고로 옥황상제님은 너처럼 자살한 이들에게 한 번의 기회를 주는 분이시기도 하고."

잔뜩 톤이 올라간 목소리로 개구리들이 말했다.

"잠깐… 한 번의 기회라는 건…."

자리에 앉아있던 옥황상제의 입이 떨어졌다.

"음… 49재라는 것을 아느냐?"

49재. 알고 있다. 알게 된 지 일 년도 되지 않았다. 물론 부모님을 떠나보낼 때, 친척들에게 들었던 것이 전부지만.

옥황상제의 입이 떨어졌다.

"너희 인간들에게는 사람이 죽은 후 49일 동안 7일에 한 번씩 총 7번의 재를 올리면 망자가 후예들의 공덕에 힘입어 좋은 곳으로 갈 수 있다고 여겨지는 풍습이 있다."

"……."

대답은 하지 않았지만, 나도 모르게 고개를 끄덕이고 있었다.

"그런데 이건 인간세계에서만 알고 있는 49재의 의미이다. 사실, 정확히 49재는 살아 있는 사람이 아니라 죽은 사람들에게 주어지는 마지막 유예기간이다."

"유예기간…."

그때 옥황상제의 아래쪽에 있던 개구리들이 말했다.

"그래. 정확히는 너처럼 환생이나 천당으로 갈 수 있는 존재들에게만 주어지는 유예기간이지만."
"천당에 갈 수 있을 정도의 덕이 쌓인 존재 중, 정해진 생을 살지 않고 자살한 이들에게만 주는 유예기간이다."
"이거 엄청난 확률이야. 아무한테나 기회를 주는 게 아니라고.

너희 인간들이 이해하려면 그래, 로또. 로또보다 더 어려운 확률이야. 오늘은 좀 그 수가 되지만."

개구리들의 말은 이해했지만, 와 닿지 않았다. 아니 애초에 왜 나는 이 이야기를 믿고는 있는 건가.

"뭐, 간단히 말하면 네가 할 일은 49일 동안 7명의 사람을 만나 그들에게 주어진 마지막 시간을 의미 있게 해주는 것이지."

"마지막 시간⋯."

많은 기억이 스쳐 지나갔다. 나의 마지막 시간. 부모님을 잃고 삶의 의미를 모두 상실한 그 일 년. 내 마지막 기억은 지옥이나 다름없었다.

개구리들이 말을 이었다.

"후회될 것이야. 분명."
"자기 손으로 죽음을 선택하긴 했지만, 그것은 일시적인 충동이 만들어 낸 결과지."
"죽는 순간 분명 한 번은 후회했을 거야. 되돌리고 싶었을 거야. 고통 속에서 분명 외쳤겠지. 살려 달라고."

아무 대답도 할 수 없었다. 그저 침울한 표정을 지은 채 고개를 숙이고 있을 뿐.

그때 옥황상제의 목소리가 다시 울렸다.

"긴 이야기는 필요 없지. 그럼 묻겠다. 망자여, 너는 이 기회를 받아들이겠느냐."

갑자기 들어오는 제안. 분명 갑작스러운 건 사실이지만, 어느 정도 생각은 하고 있었다.

이건 어찌 보면 기회이다. 다시 살아날 수 있는 기회. 잘못된 선택을 바로 잡을 수 있는 기회. 하지만……

"아니요. 받아들이지 않겠습니다."

내 목소리에 옥황상제가 아닌 아래쪽에 있던 개구리들이 놀라 몸을 들썩였다.

"아니! 죽은 놈에게 다시 살 기회를 준다는데 왜 받아들이지 않는 거야!"

"분명 후회했을 텐데."

"이 기회를 받아들이지 않던 놈은 지금까지 한 명도 없었다고!"

그렇겠지.

나도 자살하는 그 순간에는. 목을 매고 숨이 막히던 그 순간에는 후회했다. 고통스럽다고. 살려달라고. 하나.

"저는 살아갈 이유가 없습니다."

내 목소리에 개구리들의 움직임이 멈췄다. 그리고 나를 보던 옥황상제의 얼굴도 사라졌다.

"일 년 전 부모님이 교통사고로 돌아가셨습니다. 부모님은 제가 이 세상을 살아갈 유일한 이유였습니다. 이제야 효도할 수 있겠다고 생각했는데. 이제야 돈을 벌기 시작했는데. 이제야 마음먹고 부모님께… 평생 일만 하신 부모님께 잘해 드리려 했는데……."

눈물이 흘렀다. 시야가 흐려지고 바닥에 눈물 자국이 하나둘씩 늘어났다. 그렇게 정적이 찾아왔다. 어떤 소리도 들리지 않았다. 어떤 목소리도 들리지 않았다. 그저 울었다. 부모님의 생각에. 지난 일 년 동안 고통스러웠던 내 기억에. 시끄럽던 개구리들이 어떤 말도 내뱉지 않고 있었다.

한참을 그렇게 울고 있을 때 옥황상제의 목소리가 들렸다.

"알겠다. 너의 고통이 느껴지는구나. 많이 힘들었겠구나."

옥황상제의 목소리가 울리자 개구리들이 팔짝 뛰기 시작했다.

"옥황상제님! 무슨 소리십니까!"
"그냥 받아들이면 어떡합니까!"
"지금까지 이런 적은…"
개구리들의 성화에도 옥황상제는 차분했다. 마치 생각이 있는 것처럼.

"저는 다시 살아나고 싶지 않습니다. 너무도 고통스러웠습니다. 지난 일 년이 너무도 지옥이었습니다. 다시는… 그렇게 고통스러워지고 싶지 않습니다."

"음······"

마치 나의 고통을 나누듯 옥황상제는 눈을 감고 고개를 끄덕였다.

우리의 분위기와 달리 아래쪽에 있던 개구리들은 안절부절못하며 굉장히 불안한 기색을 내비쳤다.

나의 의사는 확실히 전달했다. 기회. 남들에게 좋은 기회라 해도 나에게는 아니었다. 나는 살아갈 이유가 없다. 그리고 나는, 또다시 고통스럽고 싶지 않았다.

"의견은 받아들이마. 다만⋯ 이것을 보고도 네가 그렇게 말 할 수 있을지는 모르겠지만."

옥황상제의 목소리에 고개를 들었다.

허공에 파문이 일며 무언가 나타났다. 마치 냇가에 물방울이 떨어진 것처럼 파문이 있던 허공에 영화를 튼 것처럼 작은 화면이 나타났다.

그리고 그것을 눈에 담은 순간 몸이 떨리기 시작했다.

그곳에는 기덕이의 모습이 보였다. 나를 포기하지 않던 유일한 녀석. 내가 걱정되어서, 자신의 부모도 아닌 친구 부모님의 제사까지 온 녀석.

그 녀석이 나를 붙잡으며 울고 있었다.
기덕이의 머리 위로 초록색 숫자 7이 보였다.

"저건…"

"그래. 너의 친구다. 네가 걱정되어서 다시 집으로 돌아온 듯하다."

울고 있었다. 나를 안고 기덕이가 울고 있었다.

"그런데 저 7이란 숫자는…"
"저건 그의 남은 시간이다."
"남은 시간…"
"7일. 너의 친구는 7일 후 죽는다."

심장이 뛰었다. 쿵쾅쿵쾅. 제멋대로의 빠르기로.

다시 살아날 수 있다는 희망적인 이야기를 들었을 때도 이러지 않았는데.

"저 아이는 저렇게 죽을 것이다. 친구를 잃은 슬픔에 잠긴 채. 고통스러운 마지막을 보낼 것이다. 가장 아름다워야 할 마지막 순간을. 아무것도 하지 못한 채 친구를 잃은 슬픔에 젖어, 허무하게 보낼 것이다."

주먹이 쥐어졌다. 기덕이는 안 된다. 기덕이는 꿈이 있었다. 젊음을 모두 내다 바친 꿈이. 그렇기에 삶을 제대로 즐긴 적도 없던 그였다.

그런 녀석의 마지막을 이렇게 고통스럽게 보내게 할 수는 없었다.

"저 녀석은⋯ 저 녀석은⋯⋯"

입이 떨어지지 않았다.

왜 기덕이가 죽는 것이냐고. 사실이냐고. 왜 하필 지금이냐고. 자신의 마지막을 저렇게 고통스럽게만 보내야 하는 거냐고.

왜. 왜. 왜.

나 때문에⋯⋯

"선택하거라."

분명 선택하라 말했지만, 내게는 협박으로밖에 들리지 않았다.

"저는⋯"

"누구보다 저 녀석을 잘 알고 있지 않느냐. 저 아이의 마지막을 고통으로 보내게 할 것이냐, 너처럼?"

그 말 한마디.

'나처럼.'

나의 지난 일 년. 고통스럽던 그 일 년.

기덕이는 그렇게 보내게 할 수는 없었다.

저 녀석에게 빚진 게 많으니까. 부모님이 돌아가셨을 때도. 내가 죽었을 때도. 힘들 때도. 슬플 때도. 기쁠 때도. 기덕이는 언제나 내 곁에 있어 줬으니까.

그러니까, 나도.

"하겠습니다. 그 유예기간. 49일 동안 살려주십시오. 저는 제 친구를 저렇게 보낼 수는 없습니다."

옥황상제의 입가에 미소가 지어졌다.

"그래. 잘 생각했다. 그럼….."

옥황상제의 손이 들어 올려지자 픽하고 스위치가 꺼진 것처럼 몸에 힘이 빠지기 시작했다. 시야가 멀어져 간다. 어둡다.

멀리서 옥황상제의 목소리가 들리는 것 같았다.

"많이 배우고 오너라."

그렇게 난 죽음 속에서 한 번 더 죽었다.

그리고

"으어엉! 안 돼! 이 개새끼야!"

목소리가 들린다. 어째서지?
어째서 목소리가…

천천히 눈이 떠졌다.

울고 있는 기덕이의 얼굴이 보였다. 토실토실한 얼굴. 이미 얼굴 전체가 다 눈물 콧물투성이였다.

눈이 마주치자 기덕이의 눈동자가 떨렸다. 놀랍겠지. 나도 믿기지 않으니까.

그래도
꿈은 아닌 것 같다.
기덕이의 머리 위로 정확히 보였으니까.

초록빛으로 빛나고 있는 7이라는 숫자가.

〈못다 핀 꽃 한 송이〉

DREAM
못다 핀 꽃 한 송이

꿈을 꾸는 것이 사치인 시대가 되어버렸습니다.
그럼에도 꿈을 꾸는 사람들, 진짜 인생을 사는 사람들
그들을 응원합니다.

***

아침 9시가 조금 넘은 시각.

검사를 마치고 나오니 앞에서 기덕이가 기다리고 있었다. 이
른 아침이라 사람들이 많지는 않았다.

"지웅아!"

170cm 정도 되는 키에 몸무게는 적어도 100kg은 나가 보이는 녀석이 울면서 달려왔다. 제사 때 복장 그대로였기에 누가 보면 건달 한 명이 울면서 달려오는 꼴 같았다.

"내가 얼마나 걱정했는지 알아? 왜 그런 선택을!"

소리치고 있었지만, 분노 때문은 아니었다. 내 어깨에 얹어진 기덕이의 손이 너무나도 가벼웠기에.

옥황상제와 있던 일. 꿈이 아니다. 기덕이의 머리 위로 숫자 7이 빛나고 있었다. 아직 어리둥절하지만 기덕의 마지막을 고통으로만 채워서 보낼 수 없기에. 난 우선 옥황상제가 말한 49일간의 기회를 받아들일 수밖에 없었다.

"밥이나 먹으러 가자."

그냥 집에서 쉬라는 기덕이의 말을 무시하고 나는 곧장 식당으로 향했다. 들어야 할 것이 있었다. 확인해야 할 것이 있었다. 기덕이가 왜 죽는 것인지. 죽는 것이 맞다면 기덕이가 마지막으로 하고 싶은 것이 무엇인지.

신림역 순대 골목 뒤쪽에 있는 사람의 발길이 그나마 적은 거리. 이곳에 있는 허름한 곱창집. 24시간으로 운영되는 곳이었기에 이른 아침이었지만 나는 이곳을 선택했다.

"미쳤냐? 집 가서 쉬라니까. 배고프다길래 겨우 허락했더니만. 술을 먹겠다고?"

곱창집에 도착한 우리는 구석에 있는 자리에 앉았다.

"이모 곱창 2인분이랑 소주 하나요."
"진짜 미친 거냐? 자살… 아니, 그런 선택을 해놓고 갑자기 술을 먹겠다고?"
"아, 미안해. 이제 안 그럴 거야. 걱정 마."

기덕이는 나를 보며 울상을 짓더니 이내 포기한 듯 긴 한숨을 내뱉었다. 크게 신경 쓰이게 하고 싶지 않은 거겠지. 또 내가 그런 선택을 할까 두렵거나.

"짐은?"
내 물음에 기덕이가 고개를 기울였다.
"뭔 짐?"
"일 있어서 올라왔다며 어제."

"아, 그거···."

"오디션 때문이지?"

내 말에 기덕이의 눈동자가 흔들렸다.

"어떻게 알았냐?"

"몇 년이나 봤는데."

그렇다. 기덕이의 꿈은 가수였다. 어릴 적부터 쭉.

개그맨이 꿈인 줄 알았지만, 사실은 가수가 꿈이었다. 처음 만났을 때부터 장난기가 넘치고 행동이 평범한 사람들과는 달랐기에 개그맨이 꿈인 줄 알았는데 아니었다.

빠르게 표정을 풀고 기덕이의 기분도 풀어주었다. 그에게는 갑자기 변한 상황에 적응이 되지 않겠지만, 시간이 없었다. 7일 후면 기덕이는 죽을 테니까.

"낮술 오랜만이네."

"낮술이 얼마나 위험한지 모르나? 진짜 미친놈이다, 넌. 죽다 살아난 놈이 낮술은 무슨?"

오는 동안 잘못을 뉘우쳤다고 거짓말을 해가며 기덕이의 걱정을 덜어냈더니 이제야 효과가 보이기 시작했다. 기덕이의 표정이 조금은 누그러지기 시작했다.

그러고 보니 대학 시절부터 기덕이는 이런 장난을 잘 쳤다. 나이가 20살이 넘었는데 여자들 머리나 건드는 장난이나 치고, 교수님한테 선생님이라 부르고, 땅바닥에 그렇게 누워서 지내고⋯

참 재밌는 녀석이다.

기덕이의 집은 울산이다. 대학을 경기도 쪽으로 다녀서 대학에 다니는 동안 서울말을 쓰더니 지금은 서울말과 사투리가 합쳐진 이상한 말을 쓴다.

"그래서 이번엔 어디 오디션 보는데?"
"국민가왕."

기덕의 마지막 말을 뒤로하고 우리는 그저 말없이 곱창과 술을 마셨다. 그도 그럴 것이 그동안 기덕이가 오디션을 본 것만 해도 50번이 넘을 것이다. 하나라도 붙었으면 지금 기덕이와 내가 이런 곳에서 술을 먹지 못했을 것이다.

"너 아픈 데 있냐?"

내 물음에 기덕이가 뱀처럼 눈을 가늘게 뜨고 나를 쳐다본다.

"아까부터 이상하네. 가서 다시 검사해봐라. 후유증 있는 거 같다, 너."

"없으면 됐다."

그저 술만 마셨다. 나도 아직 적응이 잘 안되었다. 살아난 것도 신기했지만. 기덕이가 죽는 것이 더욱 믿어지지 않아서, 말주변이 없는 내가 어떻게 기덕이에게 이 모든 이야기를 하고 그가 원하는 것을 알아내야 하는지 모르겠어서.

술에 취해 집으로 곧장 들어왔다. 기덕이에게 잘 자리를 마련해 준 뒤 불을 끄고 그대로 침대에 누웠다. 점심도 되지 않은 시간이었다.

"제발 다시는 그런 생각하지 마라. 하늘에 계신 부모님이 얼마나 슬퍼하시겠냐?"

"그래. 다시는 그러지 않을게."

정적이 이어졌다. 눈을 감고 그저 누워 있었다.

조금 뒤 기덕이의 목소리가 울렸다.

"지웅아, 미안하다."

"네가 뭐가 미안해, 인마."

"그냥 전부 다. 되지도 않는 오디션을 이게 몇 년째 보고 있는 건지."

"갑자기 왜 이래? 될 거야. 가수들도 다 몇 십 번씩 떨어졌댔어."

"나 이번에 안 되면 그만하려고. 고향 내려가서 일자리 구해 봐야지."

"왜 이래, 우리 아직 젊어."

"젊지. 난 젊다고 생각하는데 세상은 그게 아닌가 봐. 주위에 있는 놈들은 다 좋은 데 취업하고 벌써 장가간 놈들도 많고…"

아무것도 보이지 않는 방안이었지만 알 수 있었다. 떨리는 목소리와 어색한 공기, 오랫동안 함께했던 느낌만으로도 나는 충분히 알 수 있었다.

"걱정 마. 너 아직 어려. 남들 그렇게 산다고 너도 똑같이 살라는 법 있냐? 꿈은 잘하는 사람이 이루는 게 아니라 포기하지 않고 끝까지 버티는 사람이 이루는 거야. 포기하지 마."

아무것도 보이지 않았지만, 아무것도 보이지 않아서 우리는 속에 있는 말을 할 수 있었다.

"그래. 그런데 아까까지 자살 시도 했던 놈한테 포기하지 말란 말 들으니까 이상한데?"

"훗."

장난 끼 넘치는 녀석. 금세 밝아졌다. 다행이었다. 다시 살아난 것이 후회되지 않을 만큼.

꼭 기덕이의 마지막 순간을 고통스럽지 않게 보내줘야겠다고 다짐했다.

그렇게 밤이 되었다. 눈만 살짝 떠서 휴대폰 시간을 확인했다. 8시였다. 바닥을 내려다보니 기덕이가 없었다.

"어디 간 건가?"

그때 화장실에서 물소리와 함께 노랫소리가 흘러나왔다. 기덕이가 화장실에 있다는 걸 확인하고서야 다시 몸을 고쳐 누워 핸드폰을 만지작거렸다.

잠시 후 문이 열리며 새하얀 안개 같은 수증기와 함께 기덕이가 나왔다. 난 휴대폰에서 눈을 떼지 않은 채 말했다.

"잘 잤냐?"

"잘 잤다. 넌 진짜 잠 많은 건 여전하구나. 시간이 몇 시인데 이제 깨고 있냐?"

"아까 술도 많이 먹었어. 그리고 쉬는 날인데 이 정도면 일찍 일어난 거야."

"내 오늘 오디션 때 입을 옷 사러 갈 거다. 같이 가자."

만지던 휴대폰을 내려놓으며 기덕에게 말했다.

"그래, 어디로 갈 건데?"

"가까운 데 아무 데나."

"동대문으로 가자. 20분이면 가. 12시까지는 옷 가게 여니까."

"그래. 씻어라."

누워 있던 몸을 빠르게 일으켰다. 침대 앞쪽에 걸터앉아 기덕이를 향해 시선을 옮겼다.

또렷이 보이는 숫자 7.

기덕이의 머리 위에 숫자 7이 떠 있었다.

어두운 표정을 지으며 화장실로 들어갔다.

"왜 하필 기덕이가… 대체 무슨 잘못을 했다고."

물을 잠그고 수건을 들고나왔다. 몸을 닦으며 바닥에 앉아 TV

를 보고 있는 기덕이를 바라보았다. 예능 프로그램을 보는지 웃고 있는 녀석. 웃고 있는 기덕이와 달리 난 조금도 웃지 못했다.

***

준비를 마치고 집을 나섰다. 무슨 말을 해줘야 하는지. 오디션 보지 말고 집으로 돌아가라고 말해야 하는 건지. 생각에 잠겨 잠시 들를 예정이었던 빵집을 그대로 지나쳐 지하철역에 도착했다.

"무슨 생각을 그렇게 하냐?"
온갖 생각을 하고 있던 내게 기덕이가 물었다.
"아냐… 아무것도."
"지하철 타는 것 맞지? 내, 길 모른다. 앞장서라."
"그래…."
기덕이에게 하고 싶은 말이 많았지만, 아직 마음의 준비가 안되어 있었다.

동대문역에서 내려 매장에 도착했다. 다른 지역 매장과 다르게 3층 건물 전체가 모두 남자 옷만 파는 매장이었다.

"여기 예쁜 옷 많네. 보자, 이것도 괜찮은데?"

매장 입구에 들어서자마자 기덕이는 흰색 티셔츠를 꺼내어 보며 말했다. 그리곤 빠르게 이것저것 골라 거울 앞에서 몸에 대보기 시작했다.

"뭐가 잘 어울리는 것 같으냐? 하나만 살 거다. 잘 골라야 한다."

"저… 기덕아."

"왜?"

"아니다."

"말해 봐라, 뭔데?"

살아난 이후부터 한참을 고민했지만 답은 나오지 않았다. 나는 기덕이에게 사실을 말해줘야 한다고 생각했다. 죽는다는 것을 말해야 그가 진짜 원하는 것을 들을 수 있을 것 같았다.

"기덕아, 나 할 말이 있는데…"

"어! 잠깐. 와! 이 옷이다. 한눈에 알아봤다. 이걸로 해야겠다. 잘 어울리지?"

"그래. 괜찮네."

"맞다, 너 할 말이 뭔데?"

"아니야. 옷 예쁘다."

이 말도 안 되는 사실을 기덕이에게 말해줘야 하는데 도저히 용기가 나지 않았다. 마지막 오디션이라 생각하고 있을 기덕이에게 일주일 후에 죽을 거라는 얘기를 도저히 내 입으로 할 수가 없었다.

옷을 고르고 나와 근처 중국집에서 밥을 먹었다. 음식을 시키고 서로 마주 보고 앉아 아무 말도 하지 않았다. 아직도 머리에서 수많은 생각이 엉켜 정리되지 않고 있었다. 말을 해야 하는 건지, 말아야 하는 건지…

생각에 잠겨 말문이 막혀 있는 내게 기덕이가 말했다.
"진짜 후유증 있는 거 아니냐?"
"아니야. 생각할 게 좀 있어서."
"싱거운 놈 어제…"
말을 잇지 못하던 기덕이가 잠시 숨을 고르더니 말했다.
"아까 고맙다. 살아줘서. 포기하지 않아서. 그리고 포기하지 말라던 네 말. 몇 년이나 오디션을 봐왔지만 단 한 명도 기대하는 사람이 없었는데, 처음이야. 누군가가 나를 믿어준 건. 고맙다."

아무 대답도 할 수 없었다. 어제까지는 정말 그 누구보다도 기덕이를 응원했지만, 오늘은 세상 그 누구보다도 기덕이의 꿈을 말려야만 하는 내가 싫었다.

음식이 나오고 그렇게 우리는 그저 말없이 밥을 먹었다.

집으로 돌아와 TV를 보며 시간을 보냈다. 가요 프로그램을 보며 기덕이는 가수들의 데뷔 전 이야기에 대해 말해주었다. 저 가수는 자기보다 오디션을 더 많이 봤다고, 또 어떤 가수는 8살 때부터 연습생 시절을 보냈다고, 또 어떤 가수는 오디션을 한 번에 붙어 대박이 났다고, 그래서 부럽다고 했다.

기덕이는 모르겠지만 내 눈에는 보였다. 한 명, 한 명 가수들의 이야기를 할 때마다 기덕이가 어떤 표정을 짓고 있는지. 그 속에 부러움이 있을지 아쉬움이 있을지 정확히는 모르지만, 그저 기덕이는 웃고 있었다. 아주 환하게.

***

DREAM
꿈은 누구나 꿀 수 있지만, 누구나 꿈을 이룰 순 없다

기덕이의 머리 위에 떠 있는 숫자 6.

6일 남았다. 내 친구를 볼 수 있는 날이…. 아침부터 분주한 녀석. 아직 잠에 취해 기덕이에게 말했다.

"왜 이리 시끄럽냐. 어디 가냐?"

내 목소리에 놀란 듯 기덕이가 말했다.

"아, 깼나? 미안하다. 오늘 오디션 전에 연습 삼아 버스킹 좀 나가려고."

"버스킹? 길거리 공연 같은 거?"

"공연은 무슨, 그냥 길거리에서 노래 부르는 기다."

몸을 일으켜 세우며 베개 옆에 있던 휴대폰을 집어 시간을 확인했다.

"아직 아침인데? 그런 거 저녁에 하는 거 아니냐?"

"맞아. 이따 저녁쯤에 할 거야. 오늘 같이 버스킹 할 친구들 좀 미리 만나려고."

기덕이의 대답에 나는 신기한 표정으로 다시 물었다.

"너 친구 있었냐?"

"자라."

"장난이야. 구경 갈까?"

"시간 되면 와라. 저녁 7시쯤 시작할 거다. 홍대입구역 쪽에 노래하는 사람들 많을 거야. 구경하다 보면 나도 있을 기다."

"알았어. 이따 구경 갈게. 근데 너 아픈 데는 없냐?"

"내가 아픈 데가 어디 있냐. 없다, 디비 자라."

"그래. 이따 보자."

기덕이가 나간 뒤 혼자 방 안에 앉아 생각했다. 기덕이에게 남은 시간이 내게만 보이는 숫자만큼인 건 알지만 어떻게 죽는 것인지는 알 수 없었다. 내가 알 수 있는 방법이 없을까? 기덕이의 남은 시간을 알고 그 이유를 알면 내가 기덕이의 운명을 바꿀 수 있지 않을까 생각했다.

"할 수 있는 데까지 해보자. 다시 살아나기까지 했는데 아무것도 못 하고 그냥 보낼 순 없어."

우선 기덕이가 아픈 곳이 없는지부터 알아내야겠다고 생각했다.

그날 오후 버스킹을 보러 가기 전에 기덕이의 어머니에게 전화를 걸었다.

"여보세요?"

졸업 후 처음 듣는 목소리였지만, 내 기억 속 털털한 목소리는 여전했다. 남을 먼저 생각하는 배려심이 묻어나는 기덕이 어머니의 목소리.

"안녕하세요, 어머님. 저 지웅이에요."

"아유 반갑다, 지웅아. 오랜만이네?"

몇 년 만에 드리는 전화인데도 기덕이의 어머니는 나를 기억해주며 반겨주셨다.

"네, 어머님. 건강하시죠?"

"그럼. 지웅아, 너는 아픈 덴 없고? 밥은?"

"네. 저는 건강하죠. 밥도 잘 먹고 다녀요."

"그래, 무슨 일로 전화했니?"

"예. 다름이 아니라 기덕이가 지금 저희 집에 잠깐 올라와 있습니다."

"서울 간다더니 너희 집에 갔구나. 미안해서 어떡하나."

"아닙니다, 어머니. 저도 혼자 지내는데 기덕이가 놀러 와서 좋습니다."

"그렇게 말해주니 고맙구나."

"저기 어머님, 죄송한데… 기덕이 요새 안 좋은 데라도 있나요?"

"기덕이? 기덕이 아픈 데는 없을 텐데. 어려서부터 몸 하나는 튼튼해서."

"기덕이 건강검진 같은 거 받은 적 있나요?"

"아! 맞다. 저번 주에 결과 나왔는데 기덕이가 못 보고 올라갔구나."

"혹시 어머님, 그 결과 나온 거 보셨나요?"

"난 봤지."

"그럼 기덕이 몸에 이상 있는 데는 없나요?"

"음… 잠깐. 대충 봐서 다시 봐야겠다. 어디 보자….”

잠깐의 시간이었다. 아주 잠깐의 시간이었지만 대답을 기다리는 시간이 몇 초가 아니라 몇 시간처럼 길게 느껴졌다.

"아… 기덕이가…"

"네."

숨죽인 채 수화기 너머로 들리는 목소리에 집중했다.

"음, 기덕이 비만인 거 외에는 건강하다는구나. 살이 많이 쪘어. 요새 들어."

"아…. 네. 다행이네요."

"왜? 기덕이가 어디 아프다고 했니?"

"아니요. 그냥 갑자기 궁금해서요."

"걱정 마라. 우리 기덕이는 몸 하나는 튼튼해요. 우리 집안 내력이잖니. 기덕이 할머니, 할아버지도 다 90세가 넘게 사셨어.”

어머니의 웃음소리가 들렸다. 나만 아는 이 비밀을 기덕이나 기덕이의 어머니에게 말할 수 없었다. 그렇게 어머니의 웃음이 내 마음에선 울음으로 바뀌어 가고 있었다.

"예. 알겠습니다. 어머니 건강하시고 조만간 찾아뵐게요."

"그래. 지웅아, 울산 한번 놀러 와라. 아줌마가 맛있는 거 해줄게."

"네. 어머님, 들어가세요."

그렇게 전화를 끊고 하늘을 바라보며 생각했다. 나이도 어리고 꿈도 있는 착한 사람을, 아픈 곳 하나 없는 사람을 왜 데려가려 하십니까?

어둠이 깊게 깔린 홍대의 밤은 어둡지 않았다. 젊음의 거리에 걸맞게 늦은 저녁임에도 수많은 사람과 어둠을 밝히는 수많은 네온사인이 눈에 들어왔다. 역시 젊음의 상징인 곳이다.

역 입구부터 거리에는 노래하는 사람들이 많았다.

이름 모를 소녀는 기타 하나와 자신의 목소리만으로 수많은 사람을 집중시키고 있었다.

얼굴도, 이름도 모르는 소녀이지만 나도 그 앞에서 소녀의 노래에 이끌려 발을 떼지 못하고 있었다. 그렇게 소녀의 노래가 끝나고 나서야 난 기덕이를 찾아 발길을 옮길 수 있었다.

수많은 사람, 그 속에 있는 이름 없는 뮤지션들. 우리나라에

46

이렇게 노래하는 사람이 많았나 싶을 정도로 홍대의 밤거리에는 음악을 사랑하는 사람들이 자신의 노래를 세상에 표현하고 있었다. 저들은 자신의 불확실한 미래쯤은 충분히 무시할 만큼 음악을 사랑하는 것 같았다.

'꿈이 있다는 건 아름다운 거구나…'

그들의 틈에 익숙한 목소리가 귓가에 맴돌았다. 걸음을 멈춰 많은 사람에게 둘러싸인 남자의 노래에 귀를 기울였다. 남자의 목소리지만 두껍지 않고 낮지도 않은 목소리. 청아하고 고왔다.

기덕이었다. 가만히, 그저 가만히 인사도 나누지 않고 눈을 감고 기덕이의 노래를 들었다. 기덕이의 노래를 들을 때만큼은 기덕이에게 남아있는 시간 따위는 잊고 싶었다. 그저 기덕이의 노래를 더 듣고 싶다는 생각만 할 뿐이었다.

버스킹이 끝나고 기덕이에게 다가갔다.

"잘 들었다."

"그래. 밥 묵자."

우리는 근처에 있는 삼겹살집에 들어갔다. 주문한 고기가 나오자 부리나케 집게를 들어 고기를 불판에 하나씩 올리며 말했다.

"노래 이렇게 잘하는데 왜 자꾸 떨어지는 거냐?"

"오디션?"

"응."

한참을 생각한 기덕이가 내게 말했다.

"세 가지 이유가 있다."

"뭔데? 말해봐."

"첫째. 나보다 노래 잘하는 사람이 널렸다. 둘째. 나보다 노력하는 사람이 널렸다."

"셋째는?"

"셋째는 꿈은 누구나 꿀 수 있지만 꿈을 이루는 건 누구나가 아니다."

"뭔 말이야?"

"그냥 쉽게 말하면 난 될 놈이 아닌 거지."

"아니야. 넌 될 거야. 아직 그 시간이 안 왔을 뿐이야."

"고맙네. 말만 들어도."

"걱정 마. 이번에는 꼭 될 거야."

내 목소리를 마지막으로 우리는 아무 말 없이 밥을 먹었다.

그렇게 또다시 없을 하루가 저물어가고 있었다.

다음 날 아침.

오늘은 기덕이와 둘만의 시간을 보내기로 했다. 빠르게 준비를 마치고 집을 나섰다. 집 앞 빵집에 들러, 난 어김없이 카스텔라와 딸기우유를 먹었고 기덕이는 샌드위치와 바나나우유를 먹었다.

어느 정도 배가 채워지자 곧장 길을 나섰다. 우리에게 남은 시간이 많지 않았다. 기덕이에게 장소도 가르쳐 주지 않고 그저 따라오라고만 했다. 그렇게 추억의 장소로 이끌었다. 마침내 도착한 우리의 추억의 장소.

그곳은 경기도 이천에 있는 한 대학이었다.

"뭐야… 여기…."

그렇다. 이곳은 우리를 만나게 해준 장소이자, 수백 가지가 넘는 추억의 장면이 녹아있는 곳이기도 했다.
터벅.
터벅.

기덕이와 아무 말 없이 걸었다. 정문을 지나 기숙사를 보고, 만남의 장소였던 나무 벤치 앞에 잠시 멈춰 서기도 했다. 휴일이라 그런지 학생들은 거의 보이지 않았다. 문이 열려있어 학생 때

수업받던 강의실을 돌아다녔다. 학식이 맛이 없는 날에 옥상에서 자장면 시켜 먹었던 기억, 지각해서 앞문으로 들어가지 못하고 뒷문으로 몰래 들어간 기억, 즐거웠던 추억들이 하나하나 꽃피었다. 마치 그때의 웃음소리와 뭐든 이룰 것 같던 스무 살의 철없음이 생생히 전해지는 것 같았다.

기덕이가 내게 말했다.

"고맙다. 요새 나 오디션 때문에 스트레스에, 압박감에 장난 아니었거든."

"어때? 내 추억의 선물이."

"좋네. 그땐 정말 어렸었는데… 스무 살 그때로 돌아가고 싶다."

"나도 돌아가고 싶다. 그때는 생각 없이 매일이 행복했는데…."

아주 잠깐의 정적이 이어졌지만, 찰나의 순간 우리는 분명 스무 살 때로 되돌아갔다.

"난 지금도 행복해. 힘들지만 너무 행복해. 노래가 좋아. 그런데 가끔은 그런 생각도 들어. 내가 노래를 하면 내 주위 사람들이 불행해지는 것 같아."

"아니야. 그렇게 생각하면 한도 끝도 없어. 그냥 단순하게 살아. 네 인생이잖아."

"나도 그러고 싶은데…"

"넌 꿈이 뭐냐. 기덕아."

내 물음에 당황한 표정으로 기덕이가 말했다.

"꿈? 꿈이 뭐긴 노래하는 거지."

"그럼 벌써 이뤘네. 너 버스킹 할 때 멋있더라."

"그런데 이렇게 노래하면 돈을 벌 수가 없잖아."

"꼭 노래로 돈을 벌어야 하냐? 노래를 하고 싶은 거냐? 가수가 되고 싶은 거냐?"

"어렵네. 질문이…. 그럼 내 대답은 평생 노래할 수 있게 돈 잘 벌고 잘 나가는 가수가 되는 거. 이게 내 꿈이다."

"부럽네. 꿈이라는 건."

"넌 꿈 없냐? 지웅아."

순간 시간이 멈췄다. 아니 시곗바늘은 움직였지만 내 시간은 멈춰있었다. 마치 세상에서 나만 시간을 따라가지 못하는 것처럼.

"내 꿈이라… 내 꿈은… 없네."

"꿈이란 게 그렇게 거창한 게 아니야. 내가 왜 가수가 되고 싶은지, 어떻게 노래가 내 꿈이 된 건지 알려줄까?"

"응."

"그게 말이야, 내가 어려서부터 맨날 말썽만 부리고 매일 흘러가는 대로 시간만 낭비하고 있었는데 군대에 있을 때 갑자기 그런 생각이 드는 거야. 어머니, 아버지는 나를 한 번이라도 자랑스러워하셨을까? 다른 사람들에게 나를 자랑한 적이 있으셨을까 하고. 그렇게 혼자 몇 날 며칠을 고민했는데도 부모님이 나에 대해 자랑하실 게 없는 거야. 그래서 엄청 울었다, 혼자. 20년을 넘게 살면서 나는 어머니, 아버지에게 자랑스러운 아들이었던 적이 없는 거야. 아무리 생각해봐도 없었어."

잠시 날숨을 내뱉던 기덕이가 허공을 바라보며 말을 이어갔다.

"그래서 잘하는 게 뭘까? 하고 생각하다 내가 노래도 좋아하고 조금이지만 잘하잖아. 그래서 이걸로 유명해져서 자랑스러운 아들이 되고 싶었어. 내 궁극적인 꿈은 내가 좋아하는 노래를 부르며 유명해져서 부모님께 자랑스러운 아들이 되는 거지."

처음 기덕이의 속마음을 들을 수 있었다. 그리고 끝내 결심했다. 이제 기덕이에게 사실을 말해줘야겠다고.

기덕이의 머리 위에 떠 있는 숫자 5를 보며 말했다.
"기덕아."
"왜?"
"너 이제 죽어."

DREAM
현실은 언제나 더럽다

"기덕아."

"왜?"

"너 이제 죽어."

"뭔 소리야. 어디 아프냐?"

나의 말을 기덕이는 장난쯤으로 받아들이고 있었다. 다시 한 번 기덕이에게 말했다.

"기덕아… 장난이 아니고 너 이제 죽어. 진심이야."

기덕이는 내 진지한 표정과 말투에 놀란 듯 이내 웃고 있던 입꼬리를 내리며 말했다.

"그게 무슨 말이야? 내가 죽는다니, 나 아픈 데도 없어."

"어디서부터 말해야 할지 모르겠는데, 너한테만 알려줄게. 나 사실 죽었었어."

내 입에서 나온 소리에 기덕이의 눈동자가 세차게 흔들렸다.

그의 파리해진 표정이 시야를 가득 채웠지만 난 이야기를 멈추지 않았다. 제사를 지내고 자살을 한 것까지는 기덕이도 알고 있었다. 그러나 그 뒤, 죽음의 틈에서 옥황상제와 개구리들을 만나고 영화처럼 기회를 받아 다시 살아난 것을 모두 이야기해주었다. 당연히 49재. 내게 허락된 49일간의 유예기간에 대해서도.

내가 생각해도 허무맹랑한 이야기였지만, 내 표정 때문인지 아니면 너무도 진지한 목소리 때문인지 기덕이는 평소처럼 장난을 치지 않았다.

내 얘기를 듣던 기덕이가 옆에 있는 자판기에서 음료수를 뽑아 내 앞에 내려놓고 나머지 하나의 뚜껑을 따며 말했다.
"마시면서 얘기해."
"고마워. 그리고….."
잠시 머뭇거리던 입술을 질끈 깨물었다.
이야기해야 한다. 지금. 그래야 한다. 내가 유예기간 동안 무엇을 해야 하는지. 그리고 왜 내가 죽음을 택하지 않고 유예기간을 받은 것인지.

"사람들의 머리 위로 7이라는 숫자가 보여. 다 보이는 건 아니고 죽음이 얼마 남지 않은 사람들에게서만 보이는 것 같아. 7, 6, 5 이렇게 하루마다 숫자가 줄어들어. 확신할 수는 없지만 수명이 일주일 남은 시점부터 내 눈에 확인이 가능한 것 같아."

"……"

"그러니까. 49일간의 유예기간 동안 내가 해야 할 것은 죽음이 얼마 남지 않은 사람들을… 머리 위에 숫자가 뜬 사람들을… 그들의 마지막을 봐주는…."

떨리는 입술을 깨물었다. 북받쳐 오르는 감정을 주체할 수 없었다.

내가 말하고 있는 것은 다른 사람이 아닌 눈앞에 서 있던 내 친구의 이야기였으니까.

내 입으로 말했지만 누가 들어도 믿지 못할 이야기란 것을 나도 알고 있었다.

그러나 어쩌선지 기덕이의 표정은 담담했다. 아니 어쩌면……

"지웅아."

"응."

"네가 나한테 거짓말치고 그럴 놈이 아니라 물어보는 건데…"

"어. 말해."

기덕이가 손에 있던 음료수 캔을 구겨 쓰레기통에 던졌다.

"그럼 내 머리 위에도 숫자가 보이냐?"

역시. 기덕이는 알고 있었다. 내가 말하는 모든 것을 믿은 것도 모자라 내가 왜 이야기를 꺼냈는지. 내가 왜 울먹이며 이 이야기를 꺼냈는지 모두 꿰뚫어 보고 있었다.

기덕이의 말에 아무 감정 없이 힘들게 말을 이어가던 내 눈에 눈물이 고였다.

"어. 보여…."

"지웅아, 내 머리 위에도 진짜 숫자가 있냐…."

고개를 들지 못한 채 음료수를 집어 들면서 대답했다.

"어, 있어."

눈물을 보이기 싫어서 고개를 숙인 채 음료수를 마셨다.

"지웅아, 그럼 며칠 남았냐? 나."

음료수를 마저 다 마시고 쓰레기통에 던지면서 대답했다.

"5일…"

"5일이라. 오디션 보는 날 죽는 건가? 그럼."

무덤덤하게 내 말을 믿으며 자신이 죽는다는 걸 인정하는 기덕이를 보며 무슨 이유에선지 속에서는 화가 났다.

"야! 너는 왜 내 말을 믿는 거야! 왜 묻지도 않고, 왜 네가 죽는 걸 그렇게 빨리 인정하는 거야! 이 자식아…."

내 옆에 가만히 앉아있던 기덕이가 내 쪽으로 고개를 돌렸다.

"너니까."

기덕이의 말에 고개를 들 수 없었다. 땅에 선명히 남은 눈물 자국을 보며 괜한 날씨 탓을 했다.

"너무 덥다."

우리는 바람이 부는 추운 겨울임에도 날씨 탓을 하며 그렇게 땅을 적셨다.

***

다음날 기덕이는 집에 다녀온다며 아침 첫차를 타고 울산으로 내려갔다. 그날 오후 오랜만에 대학 동기에게서 전화가 왔다. 민성이는 기덕이와 함께 대학 시절 함께 다니던 내 몇 안 되는 친구였다.

"웬일이냐. 민성아."

"오랜만이다. 살아 있냐?"

"너야말로 살아 있냐? 몇 년 만에 갑자기 왜 전화했냐?"

"기덕이 올라왔다며?"

"어떻게 알았냐? 근데 기덕이 잠깐 집에 내려갔다. 오늘 아침에."

"왜? 이번 주 내내 너희 집에서 지낸다고 했는데."

"일이 있어서…"

"아, 그래? 기덕이 왔으면 같이 한잔하려고 했지. 다음에 봐야겠네."

민성이의 말을 듣다 기덕이의 남은 시간을 떠올렸다.

"야. 기덕이 며칠 안에 다시 올 거야. 그때 보자. 무조건 나와. 일 끝나고 밤에라도 무조건 나와."

"알았어. 전화 줘."

"그래. 쉬어라."

전화를 끊고 셋이 함께했던, 철없던 스무 살의 날을 떠올렸다. 그리웠다. 사는 게 바빠 연락 한번 하지 못했던 친구들. 다음에 보자, 다음에 보자 수없이 말로만 했던 지난날들.

이제 기덕이에게는 다음이란 것이 없었다.

울산에 내려갔던 기덕이는 이틀이 지나서야 올라왔다. 머리 위에 떠 있는 2라는 숫자와 함께. 이틀 만에 본 기덕이는 애써 밝은 표정을 지어 보였다.

"오래 기다렸냐?"

"아니, 방금 나왔다."

"그래? 밥 묵자."

우리는 역에서 가까운 족발집으로 들어갔다. 10시가 넘은 늦은 시간이라 사람이 많지 않았다. 우리는 중앙 쪽에 자리를 잡고 바로 주문을 했다.

"아줌마, 대 자로 하나 주세요."

주문하는 나를 보며 기덕이가 말했다.

"뭐 하러 둘이 대 자를 먹어. 아줌마 그냥 중 자로 주세요."

"아니요. 아줌마 대 자로 주세요. 한 명 더 올 거예요."

"누가 오는데? 올 사람이 있어?"

"기다려 봐라. 올 때가 됐는데…"

그때 문 쪽에서 시끄러운 소리가 들려왔다. 소리가 안 들려도 시끄러운 녀석. 민성이다. 민성이는 우리를 발견하고 소리쳤다.

"어이구! 이게 누구신가! 사장님들 안녕하쇼."

검은색 정장을 입고, 행사 톤에 시끄러운 목소리. 민성이는 현재 방송, 공연, 행사 등에서 MC를 하고 있다. 그래서 시끄럽다.

"이게 얼마 만이야."

기덕이가 일어나 민성이를 와락 끌어안았다. 기덕이는 민성이가 오는 줄도 모르고 있었고, 그러고 보니 졸업하고 셋이 모였던 적이 없으니 한 3년 만에 만나는 자리였다.

"다들 잘 지냈지?"

민성이가 자리에 앉자마자 물었다.

"그냥 나는 대충 살아."

"지웅이는 그렇고 기덕이는?"

"나야 뭐 똑같지."

힘없는 기덕이의 말투. 이유를 알고 있는 나는 마음이 아팠다.

"그래. 뭐 좋은 날인데 살아있으면 된 거야. 이렇게 만나고 좋잖아?"

민성이의 말에 기덕이의 얼굴을 차마 볼 수가 없었다. 기덕이의 머리 위로 선명하게 보이는 숫자 2가 너무 싫었다.

주문한 족발이 나오고 소주 하나를 시켜 오랜만에 학창 시절 이야기를 하며 술잔을 비워갔다. 한 잔, 두 잔 술잔을 비우며 옛날이야기를 하고 있었는데 문득 민성이가 기덕이에게 물었다.

"야, 기덕아, 기억나냐? 우리 10년 후에 방송에서 보자고 했잖아. 대학 동기 중에 PD하고 있는 친구, 걔 방송 나가자고 막 그랬잖아, 기억하냐?"

족발을 먹고 있던 기덕이가 젓가락을 내려놓으며 대답했다.

"기억하지. 세원이었나? 작가인가 PD인가 됐다던데."

"이제 우리만 되면 돼. 기덕아."

민성이의 말에 기덕이는 그저 말없이 앞에 있던 소주잔을 들었다. 나는 그저 듣고 있을 수밖에 없었다. 한 병 두 병 쌓여가던 술병이 어느새 8병을 넘어갈 때쯤 우리는 모두 취해 있었다.

기덕이가 술잔을 들며 말했다.

"나 내일 마지막 오디션이다. 얘들아."

술에 많이 취한 민성이가 흘러내린 안경을 바로 쓰며 말했다.

"내일이 오디션인데 술을 왜 이리 많이 먹은 거야. 미친 거 아니냐? 흐흐흐흐."

들고 있던 술을 마시며 기덕이가 말했다.

"많이 먹은 건 너 같은데."

나는 그저 아무 말 없이 기덕이를 바라보았다. 지금 이 녀석은 무슨 생각을 하고 있을까? 이제 하루 남았는데 이렇게 가만히 앉아 술을 마실 수 있는 게 대단하게 느껴졌다. 이제 정리할 때가 된 거 같아 비어있는 민성이의 잔에 술을 따르며 말했다.

"이것만 먹고 나가자. 한 시야. 여기도 문 닫아야 해."

기덕이와 민성이는 시계를 보며 똑같이 말했다.

"언제 시간이 이렇게 됐어."

우리는 마지막 술잔을 들어 비워진 족발 접시 위로 모았다.

"막 잔이다. 다들 자주 모이자."

이미 얼큰하게 취해버린 민성이가 말했다.

"마지막이구나. 아쉽네…."

짠!

우리는 건배했고 마지막 술잔을 비웠다. 아쉬운 게 마지막 술잔인지 술잔 앞에 있는 우리인지 나는 알 수 없었다.

우리 세 사람은 그렇게 마지막 술잔을 뒤로하고 모두 우리 집으로 갔다. 민성이가 너무 취해 집으로 보낼 수 없었다. 집에 도착해 민성이를 내 침대에 눕히고 나와 기덕이는 나란히 바닥에 누웠다.

"기덕아, 옛날 생각나지 않냐. 스무 살 때 셋이 자주 잤잖아. 내 자취방에서."

"좋았지, 그때가. 나이도 어리고."

"민성이 저놈은 항상 먼저 취해서 자네. 몇 년이 지나도 변하질 않아, 참."

"지웅아, 나 그럼 내일 죽는 거지?"

"응… 아마…"

"어떻게 죽는 건지는 모르고?"

"응."

"…그래. 어떻게 죽는 건지는 모르는 거구나…. 내일이 마지막 날이라…. 신기하네. 인생의 마지막 날을 앞두고 있다니. 그래도 고맙다, 지웅아. 마지막이라는 걸 알아서 조금 낫네."

"......"

"잘 됐어. 맨날 오디션 떨어지고 되는 일도 없었는데…. 조금
먼저 가는 것뿐이야…."

기덕이의 말에 나는 아무 대답도 할 수 없었다. 시간이 지나 조
용히 눈을 감고 잠에 빠지려 할 때 옆에서 소리가 들렸다.

고개를 돌려 옆을 보니 기덕이의 등이 보였다. 기덕이의 어깨
가 들썩였고 울음소리가 들려왔다.

기덕이는 아마 내 말을 들은 뒤로 무서워서 제대로 잠도 못
잔 것 같았다. 겉으로는 태연한 척했지만 얼마나 무서웠을까….
자신의 죽을 날짜를 안다는 게 얼마나 큰 중압감으로 다가올
지 나는 모른다. 본가로 내려간 뒤 남아있는 그 시간을 어떻게 참
고, 보고 싶은 사람들을 보며 견뎠을까?

난 절대 못 할 것 같았다.

소리 없이 울음을 삼키며 기덕이와 나는 그렇게 잠이 들었다.

***

기덕이의 마지막 날이 밝았다.

아침 일찍 기덕이는 오디션을 보러 갔다.
"민성아!"
"어. 왜?"
"기덕이 오디션 응원하러 가자."
"어디서 하는데?"
"잠실체육관. 가까워. 20분만 지하철 타고 가면 돼."
"쉬는 날이니까 뭐. 씻고 올게."
"그래."

우리는 샤워를 하고 나와 빵집에 들러 간단히 아침을 먹었다.
지하철을 타고 기덕이의 오디션 장소인 잠실체육관에 도착했다.
지하철역부터 사람이 많았다. 체육관으로 걸어가는 길에는 바닥
에 앉아 연습하는 사람, 기타를 들고 걸어가면서 연습하는 사람,
이미 오디션을 보고 다시 지하철역으로 향하는 사람 등 많은 사
람이 보였다. 그 모습을 보며 또 한 번 깨달았다. 이렇게 경쟁률
이 높고 힘든 길을 기덕이는 홀로 걸어가고 있었음을.

오 분쯤 걸어 체육관 안쪽으로 들어와 보니 사람이 더 많았다. 각자 가슴에 오디션 번호표를 붙이고 자기 차례가 올 때까지 대기하는 듯했다.

기덕이에게 전화를 걸었다.
"여보세요?"
"기덕아, 어디야?"
"여기 오디션장이지."
"그니까 어디?"
"1층 편의점. 왜?"
"아니야, 알았어."
전화를 끊고 우리는 편의점으로 향했다. 짧은 거리였지만 기덕이를 보러 가는 그 길에도 많은 사람이 있었다. 모두 남의 눈 신경 쓰지 않고 자신의 곡을 연습하고 있었다. 그렇게 몇 명의 사람들을 지나쳐 편의점에 도착했다.

기덕이를 발견한 민성이가 큰 소리로 외쳤다.
"기덕아!"
"뭐고. 왜 왔냐?"
"왜 오긴. 응원 왔다."

"부끄럽게 응원은 무슨. 하는 것도 못 본다."

"괜찮아. 연습은 잘 돼 가냐?"

"그냥 뭐 연습까지야. 매년 보는 건데."

기덕이와 민성이의 대화를 들으며 난 아무 말도 할 수 없었다. 응원하러 가자고 한 건 나였는데 막상 와보니 무슨 말을 해줘야 할지 몰랐다.

그런 내게 기덕이가 말했다.

"지웅아."

"어."

"지금 숫자 몇 남았냐?"

기덕이의 말에 난 머리 위의 숫자를 보고 대답했다.

"2시간."

"2시간이라. 한 시간 정도 있으면 볼 것 같으니까 오디션은 볼 수 있겠네."

나와 기덕이의 말을 듣고 있던 민성이 물었다.

"뭔 소리야, 너네."

나는 아무 말도 하지 못했다.

"그런 게 있다. 아무것도 아니다. 나 연습해야 되니까 조용히 앉아서 구경해라."

나와 민성이는 편의점 앞 의자에 앉아 마지막 기덕이의 노래를 들었다. 민성이는 마지막인지 모르고 들었겠지만 나는 마지막인 걸 알고 있었기에 몰래 핸드폰을 켜 녹음 버튼을 눌렀다.

한 시간이 빠르게 지나갔다.

"갔다 온다. 짐 좀 들고 있어라."

"응."

민성이가 기덕이의 짐을 받아 들었다.

"마지막이다. 다녀올게."

"기덕아. 잘 봐라."

마지막인 걸 알면서도, 한 시간도 채 안 남았다는 걸 알면서도 난 잘 보란 말밖에 해줄 수 없었다. 기덕이의 뒷모습을 물끄러미 바라보다 출구 쪽으로 발걸음을 옮겼다. 출구 쪽에서 기덕이를 기다리기로 한 것이다. 체육관 뒤편으로 장소를 옮겨 민성이와 기덕이가 나오길 기다렸다.

30분쯤 지나자 기덕의 모습이 보였다. 기덕이는 웃는 얼굴로 나오며 말했다.

"마지막이라 생각하고 보니까 엄청 잘 본 거 같은데?"

기덕이의 자신감 넘치는 모습에 나와 민성이의 입꼬리가 똑같이 올라갔다.

"고생했다."

"꼭 합격할 거야."

우리의 목소리에 기덕이가 쑥스러운지 뒷머리를 만지작거렸다.

"그래, 잘되겠지. 아, 근데 화장실 좀. 급하다."

그렇게 기덕이는 뒤도 돌아보지 않고 뛰어갔다. 민성이와 나는 기덕이를 기다리기 위해 편의점 쪽으로 걸어가고 있었다.

그때 뒤에서 큰 소리가 들렸다.

쿵!

나는 알 수 있었다.

'기덕아….'

그대로 몸을 돌려 빠르게 걸음을 옮겼다. 소리가 난 쪽으로 무작정 뛰었다.

저 멀리 멈춰진 차가 보이고 주위로 사람들이 모여 있었다. 나는 사람들을 밀치며 안쪽으로 들어갔다.

"잠깐만요. 잠깐…."

사람들을 뚫고 차 앞에 도착하니 기덕이를 만날 수 있었다. 붉은 피를 흘리며 바닥에 쓰러져 있는 기덕이를….

"기덕아!"

나는 달려가 바닥에 누워 있는 기덕이를 그대로 끌어안았다.

"기덕아, 일어나. 이 자식아 일어나라고."

뒤이어 나를 따라오던 민성이가 상황을 파악하고 소리 질렀다.

"이게 무슨 일이야! 기덕아, 정신 차려. 인마!"

"기덕아, 제발 일어나. 아직 시간 남았어. 아직 시간 남았단 말이야!"

이미 주체할 수 없을 정도로 눈에서 눈물이 터져 나왔다.

민성이가 주위를 보며 소리쳤다.

"제발 119! 누가 119 좀 불러 주세요! 제발!"

조금 뒤 누군가 먼저 신고를 한 것인지 구급차가 도착했다. 구조대원들이 빠르게 내려 기덕이를 차에 태웠다.

나와 민성이는 기덕이의 보호자로 옆에 따라 탔다. 구급차는 출발했고 우리는 차 안에서 계속 기덕이를 향해 소리쳤다.

"제발 기덕아, 일어나. 제발 기덕아, 눈 떠!"

"기덕아, 제발! 아직 시간 남았어. 아니, 살 수 있어. 정신 차려 이 자식아!"

우리의 울음 섞인 목소리를 뒤로한 채, 구급차 안에 있던 구조대원이 기덕이를 살리기 위해 분주히 움직였다. 기덕이의 옷을 찢어 가슴을 누르며 심폐소생술을 지속했다.

기덕이가 여전히 정신을 못 차리자 TV에서나 보던 충격기를 기덕이의 가슴에 사용했다. 기덕이의 몸이 용수철처럼 튀어 올랐다, 내렸다를 반복했다.

띠 띠 띠 띠!

약하게나마 심장박동이 돌아오자 기덕이가 희미하게 눈을 떴다.

"기덕아, 제발 정신 차려. 너 아직 가수 안 됐잖아. 죽지 마, 제발!"

눈물을 흘리며 말하던 내게 기덕이의 손이 다가왔다. 나는 기덕이의 손을 잡고 다시 이어 말했다.

"내가 말한 거 다 거짓말이야. 너 안 죽어 바보야. 그러니까 정신 차려 인마."

옆에 있던 민성이가 소리쳤다.

"이 나쁜 놈아! 약속했잖아! 같이 꿈 이뤄서 연예인 돼서 같은 프로그램에서 만나자고. 우리 아직 아무것도 못 했어. 이 자식아 아직 해야 할 일이 많다고. 그러니까 제발 일어나 부탁이야. 너만 도망치기냐. 이 힘든 길 너만 안 가겠다고 도망치는 거냐…."

기덕이는 울고 있었다. 말을 할 수 없는지 하염없이 우리를 보며 눈물만 흘렸다.

그렇게 기덕이의 마지막 순간이 다가오고 있었다.

00:01:10

00:01:09

00:01:08

나에게만 보였다.

10, 9, 8, 7⋯ 기덕의 목숨이 얼마 남지 않게 되었다.

머리가 터질 것 같았다. 내 삶을 스스로 포기할 때는 너무나도 편했는데. 친구의 죽음을 받아들여야 하는 지금은 온갖 감정이 나를 짓누르고 있었다. 조금은 깨달았다. 나는 너무 이기적이고 약하다는 것을.

그때 머릿속에서 또 하나의 목소리가 들렸다.

[이제 마지막 선물을 주거라. 네 손, 친구의 몸에 가져다 대고 이렇게 말해라.]

머릿속을 울리는 목소리에 반응하듯 내 몸이 저절로 움직였다.

내 손이 기덕이의 몸에 얹어졌다.

"이것이 내가 줄 수 있는 마지막 선물이다."

00:01:00

숫자가 멈췄다.

*****

DREAM COME TRUE

"어? 뭐지. 조금 전까지 응급차에 누워 있었는데….."

그때 다른 목소리가 들렸다.

"그럼 이제 국민가왕 결승전을 시작합니다."

박수갈채와 함성이 귓가에 맴돌았다.

"뭐지… 내가 왜 무대 위에 있지?"

"그럼 이번 순서는 김기덕 씨의 결승전 무대입니다. 김기덕 씨는 27살의 울산에서 올라온 청년이고요. 50번 이상 오디션에서 탈락했지만, 오뚝이 같은 근성으로 이 자리까지 올라왔습니다.

그의 마지막 무대 이제 시작합니다."

눈앞이 깜깜해지고 잠시 후 다시 밝아졌다. 손에는 마이크가 들려 있었다.

조금 전까지 구급차에서 사경을 헤매던 내가 무대에 서 있었다. 관객석으로 보이는 어머니, 아버지, 나의 지인들. 꿈인가? 꿈이라기엔 너무 진짜 같았다.

'생각할 시간이 없어. 꿈꿔 왔잖아? 많은 사람 앞에서, 부모님 앞에서 자랑스러운 아들이 되고 싶어 했잖아. 어떻게 된 일인지 모르겠지만, 꿈을 이룰 수 있게 됐잖아. 해보자. 꼭 부르고 싶던 내 노래. 언제나 마음속에서만 불렀던 내 노래. 부모님께, 나를 믿어준 주위 사람들에게 들려주는 거야.'

그렇게 반주에 맞춰 노래를 시작했다.
많은 사람 앞에서, 부모님 앞에서 처음으로 노래를 불렀다.
"나는 믿어요. 어둡고 좁은 길이지만, 난 이겨 낼 수 있어요. 어둠이 사라지고 아름다운 빛이…"

그렇게 세상에 들려주고 싶던 노래를 처음으로 불렀다. 노래가 끝나고 관객석을 보니 모두 박수치며 웃고 있었다. 단 한 사람만 빼고. 지웅이만 울고 있었다.

"그럼 이번 국민가왕 우승자는 바로… 김기덕 씨입니다. 축하합니다."

축포가 터지고 우승 트로피가 나에게 왔다. 꿈인지 뭔지 모르지만, 평생 꿈꿔 오던 일이었다.

이 무대에서 우승해서 부모님께 자랑스러운 아들이 되고 가수가 되는 것이 내 꿈이었다.

"그럼 소감 한 말씀 해주시죠. 김기덕 씨."
"감사합니다. 제 노래를 들어 주신 모든 분께 진심으로 감사합니다. 어머니, 아버지! 이제는, 이제는… 제가 자랑스러운가요. 이제는 자랑스러운 아들이 되었나요? 사랑해요. 엄마, 아빠. 그리고 이 순간에도 꿈을 위해 노력하고 계신 분들! 미래가 안 보인다고 좌절하지 마세요. 이 세상에 이루지 못할 꿈은 없습니다. 저도 됐잖아요. 모두 할 수 있어요. 꿈은 꿈을 위해 노력하고 실패하고 다시 일어나는… 그러니까, 꿈을 향해 뛰어갈 때 그 모습이 제일 아름다운 법입니다."

유독 눈에 띄는 한 사람.

울고 있는 지웅이를 보며 떨리는 목소리로 말했다.

"그리고 마지막으로 지웅아… 왜 울고 있어… 잘 들었지? 이 말 수백 번, 수천 번 연습 했던 거야. 오지도 않을, 이날을 위해서. 이 말 할 수 있게 해줘서 고마워. 내 꿈을 이루게 해줘서 고마워. 최고의 선물이었어. 고맙다, 친구야."

00:00:01

00:00:00

띠…………

그렇게 기덕이는 달리는 구급차 안에서 생을 마감했다.

***

얼마 뒤 기덕이의 장례식이 시작됐다. 연락을 받고 온 기덕이의 부모님은 울다가 쓰러지셨다. 나와 민성이는 마지막까지 장례식장을 지켰다. 장례식 마지막 날 기덕이의 휴대폰이 울리고 메시지가 와 있었다.

메시지를 본 나는 오디션 날 녹음해 둔 휴대폰 속 기덕이의 노래를 틀어 그의 영정 사진 앞에 내려놓았다.

다다다다-

- 나는 믿어요. 어둡고 좁은 길이지만, 난 이겨 낼 수 있어요. 어둠이 사라지고 아름다운 빛이…

"기덕아, 내가 보여준 게 환상이 아니었을 수도 있겠다. 합격 축하한다."

*문자메시지
김기덕 씨 오디션 합격입니다.
자세한 일정은……

〈리어카 노인〉

리어카
종이박스

이른 아침. 잠에서 미처 헤어 나오지 못한 몸을 억지로 일으켜 세웠다. 7시도 되지 않은 시간이었지만 커튼 틈 사이로 들어오는 차가운 기운에 겨울이 시작되었음을 느낄 수 있었다.

평일이었지만, 회사 걱정은 없었다. 자살을 택한 그 시점에 사표를 냈으니까. 그저 버릇처럼 일어난 것이다. 언제나 이 시간에 일어나 회사에 출근했으니까.

"후…."

짙은 한숨을 내쉬고 고개를 돌렸다. 내방 구석. 책상이 보이고 그 위에 놓인 사진 하나가 눈에 들어왔다. 밝게 웃고 있는 얼굴. 기덕이의 사진이 보이고 사진 위쪽으로 까만 줄이 양쪽으로 늘어져 있었다.

"기덕아….."

바로 어제가 기덕이의 발인 날이었다. 기덕이의 마지막 시간을 나처럼 보내게 하지 않기 위해 나는 다시 살아나는 선택을 했다. 옥황상제에게 받은 49일간의 유예기간.

그러나 지금까지도 모르겠다. 아니, 기덕이를 보내준 지금이기에 더욱 모르겠다.

내가 도움이 되었을까. 기덕이의 마지막이 조금은 의미가 있었을까.

"후….."
또다시 방안을 울리는 한숨이 이어졌다.

솔직히 모르겠다. 내가 기덕이에게 도움이 된 것인지. 하나. 기덕이의 숨이 끊어지기 직전 보았던 환상. 그 속에 분명 내가 있었다. 그리고 그건 내가 만들어낸 환상이었다.

"분명 웃고 있었지."

 아직도 기덕이의 마지막 순간이 생생하게 떠오른다. 환상 속에서 분명 기덕이는 꿈을 이뤘다. 그리고 부모님에게 하고 싶은 말을, 언젠가 올 그날 하고 싶었던 말을 모두 했다. 그래서 웃었다.

 행복하다고, 고맙다고 나에게 말했다. 잘한 선택인지는 모른다. 그러나 아마⋯ 기덕이의 마지막 순간은 나처럼 지옥은 아니었을 것이다. 그거면 된 건가. 기덕이의 사진을 바라보다 이내 고개를 숙였다. 멍했다. 갑작스레 온 정신이 멍해졌다. 온몸의 힘이 빠져나갔다. 내가 다시 살아난 이유는 기덕이 때문이었다. 마지막 순간만큼은 기덕이가 나처럼 지옥에서 살지 않게 하려고. 잘했는지 어쨌는지는 모르지만 난 기덕이를 보내주었다.

 "그럼 이제⋯ 난 어떻게 해야 하는 거지."

 옥황상제가 준 49일. 아직 많은 시간이 남았다. 또 이렇게 누군가의 마지막을 지켜줘야 하는 건가. 기덕이가 안쓰럽고 신경쓰여서 다시 살아나기는 했지만, 막상 기덕이가 죽으니 이제 무엇을 해야 할지. 이 유예기간을 더 보내야 할지 고민에 빠졌다.

아직까지 난.

더 살아가야 할 이유를 찾지 못했으니까.

"후……."

또다시 깊은 한숨만이 방안을 채웠다.

핸드폰에 저장된 기덕이의 노래를 틀었다.

- 나는 믿어요…

기덕이의 목소리가 방안을 채웠다.

한참을 그렇게 멍하니 기덕이의 노래를 들었다.

뚝.

녹음된 노래가 모두 끝이 나고, 기덕이의 얼굴이 떠올랐다.

'밥 잘 챙겨 먹고.'

기덕이를 빌미로까지 삼으며 옥황상제가 왜 나를 살린 것인지
알 수 없었다. 더 살아가야 할 이유도 없다. 하지만.

몸을 일으켜 주섬주섬 의자에 걸린 옷을 주워 입었다.

"우선 앞으로 나가자."

우선은 가보기로 했다. 받아들이기로 했다. 이 시간을.

'기덕이는 분명 행복해 보였으니까.'

그렇게 집 밖으로 나갔다. 아침을 해결하기 위해 빵집에 들렀다.

"지웅이 왔구나. 좋은 아침!"

언제나 향긋한 미소로 내 이름을 불러주는 아주머니. 얇게 말린 아줌마 파마에 화장기는 전혀 찾아볼 수 없는, 우리가 매일 보는 누군가와 닮아있다.

"안녕하세요."

부모님이 돌아가신 뒤로 이 동네 사람들과 대화를 잘 하지 않았었다. 특히나 이렇게 잠깐 만나는 사람들이라면 더더욱. 아니지, 솔직한 이유는 우리 부모님의 일을 아는 사람들을 멀리했던 것 같다. 카스테라와 딸기우유를 들어 계산대로 향했다.

"다른 것 좀 먹어 보라니까?"

내가 다른 것을 먹지 않을 걸 알고 있으면서도 버릇처럼 하시는 말이다. 지난 1년 동안 내 입에서 다른 빵의 이름이 불린 적은 없었으니까.

계산을 하고 고개만 살짝 숙여 인사했다.

"수고하세요."

"그래, 잘 가."

5분도 채 안 되는 시간이지만 하루 중 누군가가 내 이름을 불러주는 유일한 시간이었다. 난 여전히 도망만 치고 있었지만.

***

그날 저녁.

집안에만 있으니 꿉꿉한 기분이 들어 산책을 하기 위해 거리
로 나갔다.

역 앞은 술에 취해 비틀거리는 아저씨들과 밤을 즐기기 위해
모인 젊은이들 그리고 오토바이 타는 젊은 학생들이 주를 이룬
다. 그런 사람들을 피해 나는 작은 골목길 쪽으로 많이 걷는 편
이다. 특히 이 시간엔 술 취한 사람이 많아 종종 싸움이 일어나기
때문에 인적이 드문 골목을 애용하는 편이다.

기덕이를 보내주긴 했지만 아직 옥황상제와의 계약은 남았다.
분명 또다시 누군가의 머리 위에 7이라는 숫자가 나타날 텐데.
그것이 언제일지는 잘 모르겠다.

한숨과 함께 무거워진 걸음을 옮기려는데 가로등 불 아래로
리어카 한 대가 보였다. 곧이어 그 리어카를 끌고 있는 백발의 노
인이 시선에 들어왔다. 한눈에 봐도 언밸런스한 느낌을 주는 노

인의 복장. 겨울이지만 얇은 잠바를 입고, 군인 때나 보던 밀리터리 바지를 입고 있었다.

'폐지 주우시는 건가?'

아래서부터 훑어 올라가던 내 눈동자가 세차게 흔들렸다. 노인의 새하얀 머리 위로 보이는 7이라는 숫자 때문에. 기덕이의 일이 떠올라 몸이 움직이지 않았다. 그날의 기억이 사슬처럼 내 몸을 꽁꽁 옭아매고 있었다.

쿵!

엄청난 충격음과 함께 리어카 앞에 달린 손잡이 부분이 하늘을 향해 솟아올랐다. 동시에 리어카에 실려 있던 종이박스들이 비명을 지르며 바닥으로 쏟아져 버렸다.

'도와줘야 하는 건가….'

그제야 몸을 움직일 수 있게 된 나는 천천히 리어카를 향해 걸어갔다.

리어카 앞쪽엔 쓰러져 있는 노인이 보였다.

다행히 의식은 있었지만, 다리가 풀린 건지 제대로 앉기도 힘들어 보이는 노인이었다. 내 시선을 알아차린 노인이 말했다.

"나… 나는 괜찮아요. 그것보다 박스가 다…."

그는 자신의 몸보다 리어카에서 쏟아져 나온 박스들을 더 걱정하고 있었다.

원래라면 그냥 지나쳤을 테지만 머리 위에 떠 있는 숫자 7을 보니 발길이 떨어지지 않았다.

노인을 부축해 가로등 아래에 앉혔다. 이어 넘어진 리어카를 세웠다.

"어….."

20대의 젊은 나에게도 리어카는 꽤 무거운 편이었다. 연이어 바닥에 널브러진 박스를 차곡차곡 리어카에 실었다. 리어카의 높이보다 훨씬 더 많은 박스를 차곡차곡 다 쌓아 갈 때쯤 노인이 말했다.

"고마워요. 이젠 내가 끌고 갈게요."

노인은 아직도 힘에 겨워 발을 끌고 있었다. 이런 상태의 노인에게 리어카를 끌게 할 순 없었다. 기덕이의 일이 떠올랐다. 이 노인도 분명 일주일 후면 죽는다. 그렇게 생각하니 평소에 나라면 절대 하지 않았을 행동과 말이 튀어나왔다.

"아니요. 저도 이 동네 살아요. 제가 끌어다 드릴게요."

노인이 고개를 저으며 손사래까지 쳤다.

"나도 집이 바로 앞이에요. 말만이라도 고맙네. 젊은이."

노인은 완강하게 나의 호의를 거절하며 고개를 숙여 리어카 앞쪽에 있는 손잡이를 잡았다.

"으……."

신음 섞인 목소리 뒤로 리어카의 바퀴가 다시 움직이기 시작했다. 그렇게 노인은 리어카를 끌고 가로등 불이 비추지 않는 껌껌한 어둠 속으로 사라졌다. 7이라는 숫자와 함께….

*****

다음 날 아침.

어제 본 리어카 노인 때문에 도저히 늦잠을 잘 수 없었다. 그 노인도 7이라는 숫자가 사라지면 죽는 건가? 기덕이처럼? 많은 생각이 내 머릿속을 채우고 있을 때 갑자기 배에서 꼬르륵 소리가 들렸다.

'밥 잘 챙겨 먹고.'

기덕이의 목소리가 들리는 것만 같았다.

"후…."

모자만 대충 눌러 쓰고 문밖을 나섰다. 오늘도 집 앞에 있는 빵집에서 아침을 해결한다. 문을 열고 들어가니 오늘은 늦은 시간이라 그런지 사람이 없었다.

"지웅이 왔구나. 잘 잤니?"

"안녕하세요."

친근한 표정 뒤로 나긋나긋한 목소가 울렸다. 난 여전히 인사 외에는 아무 대답도 하지 않았지만, 빵집 아주머니는 개의치 않고 웃을 뿐이었다.

카스텔라와 딸기 우유를 들어 계산대에 내려놓았다.

계산을 마치고 돌아서는데 빵집 창문 사이로 어제 본 리어카 노인이 보였다.

"쯧쯧. 아침부터 고생이시네."

아주머니가 리어카 노인을 보며 안쓰러운 눈빛을 짓더니, 이내 다시 말을 이어갔다.

"이 빵집이 생긴 지도 10년 정도 됐는데 그전부터 이 동네에서 폐지를 줍고 다녔다고 하더라고."

"……"

"자식들이 있다는 것도 같고, 같이 사는 할머니가 있다는 것도 같고 잘 모르겠어. 자식들이 있었으면 저분이 저렇게 나이 드시고 폐지를 줍게 하지는 않았을 텐데."

나는 어떤 말도 하지 않았지만, 아주머니는 마치 대화라도 하듯이 혼잣말을 내뱉었다.

"길 건너 고물상에 폐지를 갖다준다고 들었는데… 참 힘들겠네."

"안녕히 계세요."

살짝 고개 숙여 인사한 뒤 밖으로 나왔다.

빵집에서 나와 보니 노인의 모습은 보이지 않았다.

다음 날 오후. 빵집 아주머니가 말해주신 고물상에 찾아갔다. 녹인 쓴 철제 대문을 지나니 햇볕에 까맣게 그을린 피부를 가진 주인아저씨가 병들을 정리하고 있었다.

일을 하던 아저씨가 고개를 들어 내 얼굴을 응시했다.
"어떻게 찾아오셨죠?"
살짝 접힌 미간의 주름과 위아래로 빠르게 훑어보는 눈동자를 보니 경계를 하고 있는 듯 보였다. 이럴 때는 사람과 가까이 지내지 않던 것이 도움이 된다. 이렇게 경계의 눈초리를 보내는 상대에게는 오히려 빙 돌려서 말하는 것보다 의도를 직설적으로 말하는 것이 경계심을 풀어준다는 걸 잘 아니까. 모르는 사람과 길게 말하기 싫은 것은 오히려 나였기에 그 마음을 너무나도 잘 안다.
"다름이 아니라 혹시 이곳에 폐지 줍는 할아버지가 오시지 않나요? 리어카 끌고 다니시고 군복 바지 입으신 할아버지요."
주인아저씨의 미간이 차츰 제 모습을 찾아갔다.
"김 노인?"
"아시나요?"

"알지. 잘 알지. 근데 무슨 일로 김 노인을 찾아왔는가? 아는 사이인가?"

"아니요. 아는 사이는 아닙니다만 저번에 길가에서 쓰러지시는 걸 봐서요."

미간이 펴진 지 얼마 채 되지 않아 이번엔 아저씨의 얼굴 전체가 어두워졌다.

"어휴, 김 노인… 무리하면서까지 일하지 말라니깐. 말 정말 안 듣네."

"혹시 할아버지 댁이 어딘지 아시나요?"

"김 노인 집이라. 저기 도림천 다리 건너편 위쪽에 산다고는 했는데…"

"저 위요? 저렇게 높은 데 사신다고요?"

"그래. 저기 어디 사는데 정확한 집은 모르겠다."

"예. 알겠습니다."

"그런데 왜 집까지 물어보고 그래? 겨우 한 번 본 거 가지고."

나는 딱히 할 말이 떠오르지 않았다. 뭐라 말해야 할까. 죽을 날이 가까워졌다고 다 말해야 하나. 많은 생각이 머릿속을 스쳐 지나갔지만 제일 무난한 대답을 찾아서 말했다.

"그냥, 걱정돼서요. 할아버지가 쓰러지셔서 가족분들에게 알려야 하는 게 아닌가 하고…."

오지랖과 선의의 중간. 누구나가 할 수 있는 그 지점에서 할 수 있는 말을 내뱉었다.

내 말을 들은 주인아저씨가 낮은 목소리로 이야기했다.

"가족이라… 그런 게 있으면 저렇게 고생을 하실까…."

"……"

나는 끝내 말을 잇지 못한 채 말없이 고개만 숙이고 고물상
을 나왔다.

터벅. 터벅.

마음에 꽉 맺혀있는 이 이름 모를 거북함과 아쉬움이 발걸음
에 묻어 나왔다.

밝은 빛이 사라지고 어둠이 찾아왔다. 해가 지니 칼 같은 바람
이 불어왔다. 땀을 식혀주는 것을 지나 땀을 얼려버릴 것 같은 찬
바람을 맞으며 멍하니 걷다 보니 고물상에서 들은 도림천 건너
편 달동네에 도착했다.

어느 달동네가 그렇듯 이곳 역시 유난히 계단이 많았다. 동네
와 동네 사이를 이어주기 위한 계단. 가파른 계단 옆에 아주 작
은 구멍가게 하나가 보였다. 그리고 그 앞에 낯익은 리어카 한 대
가 보였다. 사과박스, 과자박스. 제 몫을 다한 박스들이 리어카

에 쌓여 있었다.

때마침 가게에서 그때 본 노인이 나오고 있었다. 곧게 빗은 흰 머리에 얇은 잠바. 그때와 같은 차림이었다. 군복으로 보이는 밀리터리 바지와 찢어진 신발까지 눈에 담자, 내 시선은 나도 모르는 사이에 빠르게 한 곳을 향해 움직였다.

'5'
노인의 머리 위로 보이는 숫자 5.

나에게만 보이는 그 숫자를 눈에 담는 순간 깊은 한숨이 흘러나왔다.
'확실히 하루마다 줄어들고 있다.'
나를 발견하지 못했는지 노인은 가게 앞에 있는 간이식 의자에 앉아 손에 든 우유를 한참이나 쳐다보고 있었다.
노인의 축 처진 어깨를 한참 바라보다 노인에게 천천히 다가갔다.
생기 없는 표정으로 멀뚱히 내 얼굴을 눈에 담던 노인의 눈동자가 흔들렸다. 내 얼굴이 기억났는지 노인의 얼굴에 미소가 번지기 시작했다.
"아… 아! 그때 그 젊은이구먼. 그땐… 고마웠다네."

노인의 인사에 나도 살짝 고개를 숙였다.

"잠깐 옆에 앉겠나?"

말없이 나만 보고 있는 노인의 모습에 옆에 놓여있는 의자를 끌어와 앉았다.

"……"

"……"

우선 노인을 찾긴 했지만, 어떻게 말을 이어가야 할지 몰랐다. 아니, 어떻게 설명해야 할지 몰랐다. 내가 뱉어내야 할 말은 오지랖으로도 포장이 되지 않는 말일 테니까. 아니, 애초에 '당신, 살날이 이제 5일 남았습니다.'라는 말을 내뱉는 인간을 정상으로 봐줄 사람은 없으니까.

어떻게 해야 할지 모른 채 침묵만 흐르던 그때 침묵을 깬 건 내가 아니라 노인이었다.

"이보게, 젊은이. 자네는 젊음이 뭐라고 생각하나…"

너무 뜬금없는 질문이라 생각할 시간도 없이 입에서 말이 먼저 나와 버렸다.

"젊은 건 좋죠."

대체 무슨 말을 한 건지. 그것도 할아버지 앞에서. 부끄러움이 볼을 적셔갈 때쯤 고개를 숙이고 있는 내게 노인이 다시 말했다.

"그래. 좋은 게지. 젊음은 좋은 거야… 하하하."

노인의 웃음소리가 귓가에 맴돌았다. 여전히 부끄러워 얼굴을 들지 못하고 있는 내 귀로 노인의 목소리가 다시 한번 들렸다.

"저번에 도와준 인연도 있고 뭔가 내 인생에 마지막으로 사귀는 친구 같아서 그러는데… 젊은이, 시간 있으면 내 얘기 들어 보겠나…"

노인의 진심이 담긴 목소리에 나는 조용히 고개를 들어 노인의 목소리에 귀를 기울였다. 어둠을 밝히는 달빛이 제법 밝았다. 밝은 것은 달빛만이 아니었다. 달빛에 반사된 노인의 흰 머리카락 위로 떠 있는 숫자도 밝게 빛나고 있었으니.

***

리어카
역사는 기록되지만 영웅은 잊혀진다

"60년도 더 된 이야기라네. 그때의 난 형편이 어려워 학교에 다니지 못했지만 그래도 역전에서 구두를 닦으며 홀로 계신 어머니와 부족하지만, 행복하게 살고 있었네. 그때가 아마 내가 19살 때일 거야. 지금이야 시대가 변해서 어린 나이로 보일 수는 있겠지만, 그때는 내 나이쯤 되면 다 장가도 가고 애도 있을 나이였네. 아버지가 없어서 집안에서 돈을 벌 수 있는 사람은 나밖에 없었지. 그런 나에게 결혼이라는 것은 너무 먼 얘기였어. 아버지는 내가 5살 때 병으로 세상을 떠나셨다 들었네. 그 이후로 어머니가 날 키우셨지. 아름다운 분이셨네."

노인의 눈동자가 유난히 빛났다. 처음으로 노인의 눈동자에 생기란 것이 느껴질 정도로 달빛보다 더 영롱하게 빛나고 있었다.

"행복했지. 부족하고 가난했지만 행복했다네. 어머니는 여자의 몸으로 일찍부터 고생이란 고생 다 하시면서 날 키우셨지. 지금도 감사하고 있네. 어머니는 일찍부터 너무 고생을 많이 하셔서 몸이 좋지 않았어. 내가 18살이 되던 해부터는 병이 심해져 일어나 있는 날보다 누워 계신 날이 더 많았지. 그때부터 구두를 닦기 시작했네. 힘들었지만 즐거웠다네. 내가 노력한 만큼 돈을 벌어 어머니의 약을 지어드리고 먹을 것을 사고 그것만으로도 감사하고 행복했네. 그 사건이 일어나기 전까지는. 60년 전쯤 여름 때였지. 그날도 어김없이 새벽부터 일을 나가려 준비를 하고 집을 나섰지. 몸이 아프신 어머니도 내가 일 나갈 때만큼은 문 앞까지 나와 항상 인사해 주셨지. 그때만큼은 정말 환하게 웃어 주셨어.

그 환한 웃음을 보는 것이 그날이 마지막이 될 줄은 몰랐다네…"

한참을 이야기하던 노인의 목소리가 잦아들었다. 노인의 차가워진 눈빛 때문인지, 순식간에 무거워진 분위기 때문인지 팔을 스쳐 가는 밤바람이 서늘하게까지 느껴졌다. 나는 여전히 한마디도 하지 못한 채 그저 노인만 바라볼 수밖에 없었다. 내가 끼어들 틈조차 없었다. 마치 영화처럼 노인의 이야기가 내 머릿속에서 영상으로 그려지고 있었기에.

"그날도 어김없이 일을 하기 위에 역전으로 나갔다네. 다른 날과 다를 것 없었지. 오후쯤인가 신문과 역전시장 사람들에게서 38선 부근에서 총격전이 일어났다고 들었지만, 그전에도 몇 번씩 그런 일이 있어서 서울에 살던 우리 모두 대수롭지 않게 생각했다네. 그날은 늦은 시간까지 바쁘더군. 원래 같았으면 장사를 접고 들어갔을 테지만 그날따라 다른 날보다 돈이 더 모이더군. 그래서 겨우 그 돈 몇 푼 더 벌자고 늦은 시간까지 일을 했네. 밤이 깊어가고 손님들이 끊길 때쯤 장사를 접고 집으로 향했네. 그런데 그때… 멀지 않은 곳에서 비명과 함께 총성이 들리더군. 나는 너무 놀라서 최대한 멀리 도망갔다네. 점점 총성과 비명이 늘어나고 마을 전체가 쑥대밭이 되는데 한 시간이 채 안 걸렸어… 그때 문득 생각났어. 집에 홀로 있는 어머니가…."

노인의 목소리는 이미 내 몸을 그때의 구두 수선공으로 만들어 버렸고, 내 시선에 비치는 모든 것을 60년 전으로 보내 놓았다.

"발길을 돌려 집으로 가려는데 이미 마을 쪽에서 피난민들이 마을 밖으로 빠져나오는 중이라 발 디딜 틈이 없었어. 많은 인파에 이끌려 나는 피난 행렬에 따라갈 수밖에 없었네. 그렇게 마을 밖으로 두어 시간쯤 도망쳤을 때 아는 얼굴들이 눈에 들어오더군. 나는 뛰어가 그들을 붙잡고 어머니에 대해 물어봤지."

신기루처럼 낡은 거적때기를 입은 노인의 젊은 모습이 나타났다.

"이봐, 장 씨. 우리 어머니 못 봤는가?"
"김 씨, 자네 어머니를 내가 어찌 아는가."
"장 씨, 바로 옆집이잖아. 우리 어머니는 집에서 나오셨는가?"
"모르지, 나도. 우리 새끼들 챙기기 바빴네."
"야, 인마, 장민용. 네가 어떻게. 우리 친구 아녀? 내가 일하는 거 알면서 그냥 문이라도 열어 볼 수 있는 거 아니여?"
"미안하네. 그럴 시간이 없었네. 포탄은 날아오지, 총소리는 들리지. 처자식 챙기기도 바빴네. 미안하게 됐네…. 먼저 가보겠네."

　멀어지는 장 씨의 모습과 고개 숙이고 있는 노인의 젊은 모습
이 가루가 되어 사라졌다.

　"이해는 됐지만, 너무 슬펐다네. 그 길로 다시 마을로 돌아가
려 했지만, 모두가 말리더군. 이미 마을은 전쟁 통이라고. 어머
니도 우리처럼 피난 갔을 수도 있으니 걱정 말라고 하더군. 마을
에서 조금 멀리 떨어져 있어서 그런지 잠시 숨 돌릴 틈이 있어서
그때부터 어머니를 찾았다네. 정말 발이 닳아 없어질 때까지 뛰
어다녔다네. 아무 생각 없이 그저 이 세상에서 가장 보고 싶은 얼
굴을 찾아 무작정 뛰어다녔다네. 그렇게 한참을 뛰어다니고 있
었는데 누군가 내 앞을 막더군. 군인들이었네. 그중에 가운데 있
던 군인이 내게 물었어. 올해 나이가 몇인지. 나는 빨리 어머니
를 찾으러 가야 한다는 생각밖에 없었지. 그래서 빨리 대답하고
지나가자는 생각에 대답했다네. 19살이라고. 그랬더니 내 말이
끝나기 무섭게 양쪽에 있던 군인들이 내 양팔을 잡고 끌고 가더
군. 그 길로 차에 태웠네. 나는 어떻게든 빠져나가려 했지만 돌
아오는 건 주먹질뿐이었어. 실컷 두들겨 맞았지. 눈물을 삼키며
주위를 둘러보니 내 또래나 나보다 나이가 적어 보이는 아이들도
있더군. 모두 가족과 떨어져 나처럼 차에 태워진 것 같았어. 모

두 울고 있었어. 차에 사람이 가득 차자 그대로 차는 출발했지."

　노인의 목소리는 영화의 내레이션 같았고, 나는 영화의 주인 공이 되어 가보지도 보지도 못한 60년 전의 그 상황을 직접 체험하고 있었다.

　"밤길을 달려 우리는 한 군부대에 도착했어. 거기서 우린 전쟁에 필요한 물품만 받고 전장에 투입됐지. 그렇게 3년이라는 시간이 흘렀고 전쟁은 끝났어. 휴전 상태이지만 전쟁이 끝나서 너무 행복했다네. 3년 동안 많은 일이 있었지만, 젊은이들이 들어서 좋을 건 없어. 그렇게 전쟁이 끝나고 난 마을로 돌아가 3년 만에 집에 찾아갔다네. 그리웠었지. 전쟁의 잔해들로 주위는 엉망이었지만 집은 그렇게 많이 훼손되어 있지 않더군. 떨리는 마음으로 문을 열었지. 누가 있을까? 어머니가 계실까? 많은 생각이 머릿속을 스쳐 갔어. 그런데 문을 열었더니 내 눈에 보이는 것은 아무것도 없었다네. 아무것도. 그렇게 내 인생은 아무것도 남지 않게 됐다네. 3년이란 시간을 나라에 바쳤지. 그저 아무 생각 없이 이 나라를 지키면 내 어머니를 지키는 거라 생각하며 이 한 몸 다 바쳐서 싸웠지. 그런데 전쟁이 끝나니 나에게 남은 건 하나도 없었다네."

낡은 집 앞에 앉아 울고 있는 것은 나였다. 너무도 순식간에 빠져 버린 노인의 이야기에 나는 60년 전 노인이 되어 그 문 앞에서 울고 또 울고 있었다. 하지만 여전히 난 노인에게 어떤 말도 하지 않았다. 이야기는 끝났지만, 분명 아직 그의 말은 끝난 것이 아니었기에.

"그날이 아마 내 인생에서 가장 많이 울었던 날일 거야. 꼭 살아계실 거라는 생각은 안 했지만 단 한 가지 생각 때문에 가슴이 아팠어. 내가 어머니를 버리고 도망쳤다고 생각하실까 봐…. 자기 인생을 포기하시면서 키워낸 아들이 자신을 버리고 도망쳤다고 생각하실까 봐, 그게 제일 무섭고 가슴이 아팠다네. 그게 너무 겁이 났다네."

노인의 진심이 귓가에 머물렀고
눈앞에 펼쳐졌던 영화가 사라져 갔다.

뿌연 시야에 초점이 돌아오고 있었다. 몇 번의 깜빡임이 지나자, 노인의 모습이 시야에 가득 찼다. 세월의 흐름이 박힌 듯 깊게 파인 주름이 먼저 눈에 들어왔다. 한숨인지, 후회인지 모를 작은 날숨을 내뱉던 입술이 미세하게 떨리는 것이 보였다. 바로 어제의 이야기처럼 내뱉던 노인은 어느새 60년의 세월을 거슬러 올라와 있었다. 난 어떤 말도 내뱉지 못하고 노인의 얼굴만 하염없이 바라보았다.

"미안하네. 나 혼자 너무 말이 많았군."

사과하는 노인과 달리 나는 꽤 흥미로운 이야기를 들은 듯했다. 노인의 인생에서 가장 잊지 못하는 순간을 체험한 것 같은 느낌이 들기도 했다. 그리곤 굳게 닫혀 있던 입을 천천히 떼었다.

"아닙니다. 그런데…."

노인의 눈동자와 눈이 마주쳤다.

"그 후로는 어떻게 지내오신 겁니까?"

무슨 용기에선지 입에서 불쑥 생각지도 못한 말이 튀어나왔다.

"그 후로는 혼자 지냈지. 사람을 믿을 수 없었다네. 이 나라를 믿지 못하게 되었네."

"혼자 지내셨다는 말씀은… 결혼도 하지 않으신 겁니까?"

"가족이라는 것을 또다시 잃고 싶지 않았으니까."

60년이나 혼자 지냈다는 이야기였다. 많이 외로웠을 텐데, 그 마음속 아픔의 깊이는 내가 감히 상상하지 못할 만큼 깊어 보였다. 그러고 보니 이야기를 시작할 때부터 노인은 손에 우유를 꼭 들고 있었다. 지금까지 한 모금도 먹지 않고 들고만 있었기에 자연스레 우유 이야기를 꺼냈다.

"할아버지 그 우유는?"

"내 저녁이네. 아 참, 내 얘기 듣느라 목이 마르겠구먼. 기다리게."

"아닙니다. 전 괜찮습니다."

일어서는 노인에게 괜찮다고 말했지만, 노인은 이내 가게로 들어가 우유 하나를 사 왔다.

"마시게."

"안 사주셔도 되는데… 감사합니다. 잘 먹겠습니다."

노인에게 건네받은 우유의 입구를 뜯어 그대로 입으로 가져가 마셨다. 원래 딸기우유만 먹는 나지만 노인이 애써 사준 것을 바꾸자니 마음에 걸렸다. 게다가 꼬깃꼬깃 접힌 천 원짜리를 주머니에서 꺼내 계산하는 노인의 모습을 봐버렸으니 어찌할 방도가 없었다. 종일 땡볕에서 힘들게 폐지를 주워도 단돈 오천 원도 받지 못한다고 어디에선가 들은 적이 있었다. 그중 천원을 이름도 모르는 나에게 쓰는 게 얼마나 큰일인지를 생각하니 죄송한 마음이 들었다.

"너무 어렵게 생각하지 말게. 그저 난 오늘 내 말을 들어줄 사람이 필요했을 뿐이라네."

나는 남은 우유를 한 번에 입속으로 털어 넣고 우유 팩을 접어서 테이블 위에다 내려놓았다.

"할아버지, 일 그만하시고 병원 좀 가보시는 게 어뗘세요? 저번에 쓰러지신 것도 있고 가족도 없으시면 혼자 계실 땐 위험할 수도 있습니다."

"괜찮다네. 그리고 돈이 있어야 밥을 먹고 살지."

"예전에 들었는데 전쟁에 참전하면 훈장이나 나라에서 보조금이 나오지 않습니까?"

"나오지. 나오긴 하네만 세월은 60년이나 지났는데, 지원은 60년 전 세상에 사는 만큼 해 주더군."

정말 이 나라는 노인에게 해주는 게 없다. 뺏어가기만 할 뿐.

"하지만 난 이 나라를 떠날 수 없네. 잃어버린 걸 찾을 때까지는…."

차가운 밤공기가 더욱 무거워졌다.

턱!

동시에 가게 문이 닫히며 간판 불이 꺼졌다.

"그럼…. 이제 들어가야지. 시간이 이렇게 됐구먼. 미안하네."

"아닙니다. 저도 시간 가는 줄 모르고 들었습니다."

노인과 내가 동시에 자리에서 일어났다.

"그렇군. 오늘 고맙네."

"아닙니다. 들어가 보겠습니다."

노인에게 고개 숙여 인사했다.

노인의 머리 위에 떠 있는 숫자 5와 리어카를 뒤로한 채 집으로 발걸음을 옮겼다.

***

리어카
꿈속의 남자

노인과 이야기를 한 지 이틀이 지났다. 이제 노인의 머리 위에 떠 있는 숫자는 아마도 3이 되었을 것이다. 노인에게 해줄 수 있는 게 아무것도 없다는 무력한 생각에 침대에 몸을 눕혔다. 오늘도 이렇게 하루가 끝나가고 있었다.

'어… 나 분명 침대에서 자고 있었는데….'

눈을 떠보니 내 앞에 누군가 앉아있다. 황금색 의자 위로 보이는 사람의 형체. 배 위로 양손을 가지런히 모으고 있었으며 얼굴은 보이지 않았지만, 얼굴 아래로 흰색 수염이 길게 나와 있었다. 사람이라고 하기엔 그의 존재는 뭔가 우리와 다른 높은 곳에 있는 것 같았다. 얼굴을 자세히 보려 애썼지만 검은 그림자가 드리워져 확인할 수 없었다.

그럼에도 난 그가 누군지 알 수 있었다.

"옥황상제…."

몸도 마음대로 움직일 수 없었다. 감각의 이상. 나는 그 자리에 있었지만 멀리서 지켜보는 것 같은 느낌도 들었다. 그때 내 앞에 앉아있던 사람의 형상에서 목소리가 들려왔다.

"잘하고 있군. 그렇게 하면 된다네."

그의 목소리를 끝으로 모든 것이 검게 변해 아무것도 보이지도, 들리지도 않았다. 눈을 떠보니 자주 보던 천장이 보였고, 고개를 돌리니 커튼 사이로 밝은 빛이 들어오고 있었다.

"꿈이구나…."

그렇게 하루가 지나가 있었다.

그날 오후. 오늘도 사람들이 많은 곳을 피해 골목길에 들어섰다. 어두컴컴한 골목길 사이사이 가로등 빛이 비치는 곳을 지나다 노인과 처음 만난 날이 떠올랐다.

잘 계실까…. 이제 2일밖에 남지 않았을 텐데. 어쩌지, 도움이 될 만한 게 없을까? 죽기 전에 하고 싶으신 게 뭐가 있을까? 그렇게 한참을 생각하던 중 며칠 전 노인과 나눈 대화가 생각났다.

"하지만 난 이 나라를 떠날 수 없네. 잃어버린 걸 찾을 때까지는…."

노인은 분명 잃어버린 걸 찾을 때까지 이 나라를 떠날 수 없다고 했다. 그렇다면 잃어버린 게 대체 뭘까. 한참 동안 노인과의 대화를 복기하며 거리를 걷는 중 리어카를 끌고 있는 노인을 만났다.

"할아버지, 안녕하세요."

"아이고, 이게 누구야. 젊은이 반갑네."

어쩐지 노인의 목소리에 힘이 없었다. 웃고는 있었지만 눈빛이며, 호흡이며 상태가 많이 안 좋아 보였다. 노인은 입술을 짓이기며 애써 밝은 목소리를 내었다.

"할아버지, 이 늦은 시간까지 또 폐지 주우신 거예요?"

"아니야, 어제 주웠던 거라네."

"어제 주웠던 건데 왜 이제 끌고 가세요?"

"그게 어제 낮에 쓰러져서 병원에 실려 갔었어. 리어카를 여기 골목에 그대로 두고. 그래서 이제 찾으러 온 게야."

자신의 몸보다 리어카를 더 걱정하는 노인의 목소리에 마음 한구석이 쓰렸다.

"그럼 병원에 좀 더 계시지, 왜 벌써 퇴원하셨어요."

"안 아픈데 뭐 하러 병원에 있어? 병원비만 나오지."

"그래도 이번 주에만 두 번이나 쓰러지셨는데 병원에서 검사를 좀 받아 보시죠."

"괜찮다네. 괜찮아. 얼른 가야지 밤이 늦었네."

리어카를 다시 들며 앞으로 한걸음, 한걸음 발을 떼는 노인의 모습이 너무나 힘에 겨워 보였다. 나는 노인이 끌고 있는 리어카 손잡이 부분으로 잽싸게 달려가 함께 리어카를 끌었다.

"아니 괜찮다니까. 젊은이 집에 가봐야지."

"괜찮습니다. 어차피 같은 동네인걸요."

노인이 괜찮다며 먼저 가라고 몇 번이나 말했지만 나는 끝까지 리어카 손잡이에서 손을 놓지 않았다.

"이 젊은이가 정말… 고맙네 그려."

그렇게 노인과 나는 한참을 말없이 리어카를 끌고 갔다. 고물상에다 리어카를 갖다 놓고 나서야 한숨 돌리며 고물상 앞에 나란히 앉았다.

"고맙네. 고마워."

"아닙니다. 할아버지 혼자 끌고 가셨으면 제가 더 힘들었을 겁니다."

"그런데 참 신기하네. 며칠 안 됐긴 하지만 요즘 내가 힘들 때마다 자네가 나타나더군."

노인의 머리 위로 2라는 숫자가 눈에 들어왔다. 진짜 이제 2일 남았구나. 정말 내가 할 수 있는 게 하나도 없을까. 그때 또다시 노인의 말이 떠올랐다. 잃어버린 것을 찾고 싶다던 노인의 말이.

"할아버지, 저번에 잃어버리신 게 있다고 하셨는데…"

노인은 내 얼굴을 한참을 바라보고는 대답했다.

"잃어버린 것이라… 60년이나 지났는데 잃어버린 것이라 할 수 있으려나…."

"혹시 잃어버리셨다고 하는 게 어머님이십니까?"

나의 물음에 노인은 고개를 들어 하늘을 올려다보았다. 달빛에 반사된 노인의 눈이 차갑게 적셔지고 있었다.

"그런가 보군. 내가 잃어버린 건 내 인생이 아니라 어머니였나 보군."

"할아버지, 한 가지 소원을 이룰 수 있다면 어떤 걸 빌고 싶으세요?"

내 입에서 나온 이야기지만 너무 생뚱맞은 이야기라 노인도 놀라고 나도 놀랐다.

"내가 나이가 어렸으면 어머니를 찾아달라고 하고 싶구먼. 하지만 이제 내 나이가 80이 넘었다네. 어머니가 이 세상 사람이 아닌 것쯤은 알고 있어."

어두워진 노인의 표정에 괜한 것을 물어본 것 같아 고개를 들 수 없었다.

"그래도…."

흔들리는 노인의 목소리에 땅을 향하던 내 시선이 노인의 얼굴로 향했다.

"소원을 들어준다면 한 번만 만나고 싶네. 만나서 꼭 해야 할 말이 있네."

쓸쓸함, 후회, 슬픔과 같은 감정이 노인의 주름 사이사이에 끼어 있었다.

노인의 말을 끝으로 그 어떤 목소리도 이어지지 않았다. 노인은 일어나 손을 흔들고는 무거운 어깨를 보이며 어둠 속으로 사라졌다. 이제 이 밤이 지나면 노인에게는 하루의 시간밖에 남지 않는다. 상처만 가득한 노인에게 한 번이라도… 행복을 선물해주고 싶었다. 그리고 한편으로는 그런 생각을 하고 있는 내가 너무도 신기했다. 불과 며칠 전에 나는 자살을 시도했지 않은가. 그런 내가 타인의 행복을 위해 마음을 쓰다니.

"변하고 있는 건가."

***

또다시 옥황상제를 만났다. 함께 있는 개구리들도.

난 곧바로 알 수 있었다.

'꿈이구나.'

또다시 한쪽으로만 이어지는 대화. 난 말 할 수 없고, 옥황상제만이 목소리를 낼 수 있었다.

이럴 거면 왜 꿈에 나타나는지 모르겠다.

"난 이미 자네에게 주었다네."

마지막 목소리와 함께 모든 것이 어둠에 잡아먹혔다.

눈을 떠보니 내방 침대 위였다. 커튼 사이로 들어오는 따스함. 언제나 눈을 뜨면 제일 먼저 보이는 천장에 달린 동그란 형광등. 그 속에 죽은 벌레들…. 다른 날과 다를 것 없는 아침이었다. 한 가지만 빼고. 자면서 꿨던 꿈이 너무 생생했다. 너무도 진짜 같아 꿈으로 느껴지지 않을 정도였다.

리어카 노인의 마지막 날이기에 이른 아침부터 노인을 찾아 나섰다.

가장 먼저 고물상에 찾아가 봤다. 어제 리어카를 고물상에 놨으니까 고물상에 먼저 나왔을 거라 생각했다. 고물상 앞엔 어제 둔 리어카가 그대로 있었다. 문 안쪽으로 들어가 주인아저씨에게 인사를 건넸다.

"안녕하세요. 아저씨, 혹시 할아버지 안 나오셨나요?"

"저번에 왔던 젊은이구먼. 김 노인 말인가? 왔었지."

주인아저씨는 손에 있던 망치를 내려놓으며 심각한 얼굴로 말을 이어갔다.

"오늘 새벽에 리어카에 있는 박스를 팔러 왔었네. 그런데 갑자기 쓰러지셨어. 그런 몸 상태로 또 폐지를 주울 작정이었던 거지."

"그럼, 할아버지는 지금 어디에…."

"바로 119에 신고해서 병원으로 가셨다네. 아마 가까운 병원으로 갔으니 한광병원으로 갔을 거네."

주인아저씨의 말이 끝나기 무섭게 바로 병원으로 달려갔다.

'제가 갈 때까지 돌아가시면 안 돼요. 할아버지…'

***

리어카
불효자는 웁니다

숨이 턱 끝까지 차오를 즈음 난 노인이 있는 병원에 도착했다.

그리곤 노인의 병실을 알아내 바로 병실로 찾아갔다. 무작정 도착하긴 했지만, 병실 앞에 서니 덜컥 겁이 났다.

'할 수 있는 게 아무것도 없는데 내가 여기에 와도 되나? 오늘이 마지막 날인데 곁에 내가 있어도 되나?'

수많은 생각이 복잡하게 뒤엉켰다. 그때 간호사가 문 안쪽에서 나왔다. 환자차트를 들고 있던 간호사가 나를 보며 물었다.

"혹시 501호 환자분 보호자신가요?"

어떤 대답을 해야 할지 몰라 옷소매만 만지작거리고 있었다.

"아니. 저… 저는….”

안에서 노인의 목소리가 들렸다.

"걔 내 손주야. 들어오라 그래."

병실에 들어가니 노인 주위로 처음 보는 의료 장비들이 많이 있었다. 노인의 코에는 산소 호흡기가 끼워져 있었고 가슴 쪽에는 네모난 장치들이 붙어있었다.

"젊은이 여기까지 어떻게 찾아온 거야."

말이 나오지 않았다. 속에선 말을 하고 있는데 입술은 전혀 움직이고 있지 않았다. 내가 말을 잇지 못하자 노인이 말을 이어갔다.

"젊은이… 젊은이는 하늘에서 보내준 천사 같아. 나는 말이네, 어머니와 헤어지고 나서는 이 세상 전부가 미웠다네. 나를 그렇게 만든 나라와 세상사람 모두가 싫었다네. 그래서 사람들과 말

한마디 섞지 않고 몇십 년을 살아왔다네."

노인이 어린 나이에 어머니를 잃어서인지, 이 노인의 죽음을
내가 미리 알고 있어서인지 모르겠으나 내 눈에선 뜻 모를 눈물
이 조금씩 흘러나왔다.

"이름을 알려주지 않겠나?"
눈물 탓에 잘 나오지 않는 목소리를 눌러가며 대답했다.
"서… 지웅입니다."
"그렇군. 60년 만에 처음으로 사람 이름을 물어봤네. 그런 거
보면 나도 정말 사람을 미워했나 보군."
고개를 들어 노인의 얼굴을 바라보았다. 웃고 있었다. 그 처
진 눈으로 반달 모양을 만들고, 숨쉬기도 힘든 그 입을 길게 찢
어 기쁨을 표하고 있었다. 그의 주름 사이사이에 처음으로 따스
함이 끼어 있었다.

시선을 올렸다.

노인의 하얀 머리 위로 지금까지 보던 숫자가 아닌 시간이 밝
게 빛나고 있었다.
00:20:42

00:20:41

00:20:40

시간이 줄어들고 있었다.

"할아버지, 조금 쉬시고… 약 드시면 금방 기운 차리실 거예요. 걱정 마세요."

"그런가… 그런데 참 이상해. 오늘이 마지막인 것 같은 기분이야."

노인의 목소리에 또 한 번 고개를 숙였다. 나에게만 보이는 노인의 남은 시간이 가슴을 조여 왔다.

'이제는 알고 계시는구나. 시간이 얼마 남지 않았다는 것을….'

"할아버지, 아니에요. 금방 나으실 거예요. 제가 옆에 있어 드릴게요."

노인이 입가에 더 큰 미소를 지으며 말했다.

"고맙구나, 지웅아."

처음으로 노인이 내 이름을 불러주었다.

"아니에요. 힘들면 말씀 안 하셔도 돼요. 할아버지 좀 쉬세요."

노인의 숨소리가 거칠어졌다. 이제는 숨을 쉬기도 힘들어 보이는 노인이었다.

"아니야. 괜찮구나. 이제 죽을 때가 돼서 그런가… 후회되는 일이 자꾸만 떠오르는구나."

난 대답 없이 노인을 바라보았고 노인은 내가 아닌 닿지 못하는 먼 곳을 바라보며 말을 이어갔다.

"전쟁에서 많은 일이 있었고, 60년이 넘는 세월 동안 사람과 왕래도 없이, 사랑하는 사람도 없이 외롭게 보낸 내 인생은 후회하지 않는다만…"

숨을 고르는 건지, 울음을 참으려는 건지 노인은 잠시 뜸을 들였다.

"우리 어머니. 총성이 들리고 비명이 들리는 상황에서 무서우셨을 텐데, 너무 무서우셨을 텐데…. 집으로 올 거라고, 자신을 구해줄 거라고 단 하나밖에 없는 아들이 자기를 구하러 올 거라고 굳게 믿고 있었을 어머니에게 정말 미안하다고… 미안하다고 말씀드리고 싶네. 그때 나는 돌아갔어야 하네. 그날 구두 장사를 일찍 접고 집으로 갔어야 해. 그날 총성이 처음 들리는 순간 난 도망치지 말았어야 해. 그날 많은 인파 때문에 마을로 못 가고 피난하던 날, 그날 그 인파를 뚫고 난 집에 갔어야 했네. 무슨 일이 있어도 군대 차량에서 뛰어 내려서라도 그날 난 어머니를 모시러 갔어야 해. 지금도 정말 후회하네. 60년이…. 60년이…."

나를 관통하듯 내가 아닌 저 먼 곳을 보고 있던 노인의 눈에서 눈물이 흐르기 시작했다.

"60년이 지났지만 난 아직도 그날의 나를 용서할 수 없네."

노인은 이내 60년 동안 참았던 눈물을 흘리고 말았다. 주름진 손으로 얼굴을 가리고 노인은 소리 없이 울고 있었다. 그런 노인을 보고 있을 수밖에 없는 내가 너무 무력하게 느껴졌다.

아니… 죽기 전이었다면 말이다.

자살을 선택했다. 그리고 49일간의 시간을 유예받았다. 처음에는 홀로 남겨진 친구 때문에 어쩔 수 없이 이 일을 하게 되었지만. 이제는… 어쩌면…….

천천히 손을 들어 노인의 몸에 내려놓았다.

내 의지대로 하는 것이다. 내가 하고 싶어서. 노인이 조금이라도 후회하지 않게.

"이것이 내가 줄 수 있는 마지막 선물이다."

00:01:00

숫자가 멈췄다.

***

리어카
마지막 소원. 80살이 된 19살 소년

조금 전까지 병원이었는데 여기는 어디지? 고개를 숙여 바라본 내 시선엔 환자복은커녕 쭈글쭈글한 주름조차 보이지 않았다.

'뭐야, 이거. 어렸을 때 몸이잖아. 내가 죽은 건가?'

"승근아."

여성의 목소리가 들렸다. 그 목소리는 너무도 익숙한 아니, 너무도 듣고 싶었던 목소리였다.

"설마…."

나는 고개를 돌려 소리가 나는 쪽으로 몸을 돌려세웠다. 그곳에는 하얀색 저고리에 치마를 입고 곱게 땋은 머리를 한 여인이서 있었다. 점하나 없는 새하얀 얼굴, 세상에서 제일 아름다운, 나보다 더 나를 사랑하는 유일한 여자가 서 있었다.

"우리 아들…. 잘 있었니…."

어머니. 그토록 보고 싶었던 어머니가 눈앞에 있었다. 죽어서 어머니를 만나러 온 것인가. 아니면 죽기 전 마지막 꿈인가.

하지만 무엇이든 상관없었다. 내가 할 일은 하나였다. 어머니를 만나면 하고 싶었던 말은 단 한 가지였으니까.

"어머니, 죄송합니다."

머리를 바닥에 그대로 떨궜다.

"그날 제가 집에만 있었다면, 어머니와 같이 집에 있었다면 이렇게 평생을 떨어져 있지 않을 수 있었는데."

"아니야. 우리 아들. 엄마는 다 알고 있었어. 우리 아들이 엄마에게 오고 싶어 한 것 정도는."

"아닙니다. 제가 정말 그날 무슨 일이 있어도 어머니에게 갔었어야 했는데… 어머니는 그 무서운 상황에서도 제가 올 거라고 믿고 계셨을 텐데, 끝까지 믿고 계셨을 텐데 죄송합니다. 제가 어머니의 믿음을 저버렸습니다."

"그렇게까지 우리 아들이 엄마를 생각했구나. 하지만 승근아, 엄마는 그런 생각을 한 적이 없단다. 포탄 소리가 들려와도, 밖에서 사람들의 비명이 들려와도 엄마는 그저 우리 아들 무사하게 해달라고 기도했단다. 이 한 몸 어떻게 돼도 상관없으니 제발 우리 아들 무슨 일이 있어도 살게 해달라고…."

"그날 제가 어머니를 버렸습니다. 죄송합니다, 죄송합니다…."

떨리는 어깨 위로 작은 손길이 느껴졌다. 동시에 바닥을 향해 있던 이마를 천천히 들었다.

부드러웠다. 나를 바라보는 시선이 이렇게 따뜻한 사람은 역시 어머니밖에 없었다.

"승근아."

"네."

"네가 무사하면 됐다."

소리 내어 울 수 없었다. 60년 만에 어머니를 뵙는데 눈물을 보일 수 없었다.

"죄송합니다."

"괜찮다니까 우리 아들… 엄마가 더 미안하구나. 엄마가 우리 아들 돌아올 때까지 기다렸어야 하는데. 엄마가 우리 아들 장가 가는 것도 보고, 며느리한테 음식도 가르치고 싶었는데… 그저 우리 아들 행복하게 사는 게 보고 싶었는데 엄마가 미안. 엄마가 조금만 더 오래 살았으면 우리 아들 이렇게 혼자 외롭게 평생을 보내게 하지 않았을 텐데."

어머니의 목소리에 더 이상 참을 수 없어 소리 내어 울고 말았다.

"죄송합니다. 어머니 죄송합니다. 지난 60년 동안 하루도 편하게 잔적이 없습니다. 어머니에게 너무 죄송해서, 어머니에게 가지 못했던 제가 너무 싫어서 평생을 저를 미워하며 살았습니다.

나라와 세상이 미웠지만, 그것보다 저 자신이 미워서 살 수 없었습니다. 죄송합니다."

"그만 죄송해하래도. 엄마가 우리 아들에게 그런 말 들으려고 만나러 온 게 아니야. 우리 아들, 엄마를 위해 어릴 때부터 하고 싶은 거 하지도 못하고 일만 하고 엄마를 위해서 살아줘서 너무 고마워. 조금 더 일찍 만날 수 있었다면 우리 아들 이제 편하게 살라고 말해주고 싶었는데… 엄마는 괜찮으니까 우리 아들 인생 행복하게 살라고 말해주고 싶었는데… 우리 아들 오랫동안 힘들게 살게 해서 미안해, 엄마가."

"죄송합니다. 정말 이 말밖에 드릴 게 없어요. 평생 이 말이 너무 하고 싶었어요. 죄송합니다. 어머니."

"우리 아들, 우리 승근이. 엄마는 우리 승근이가 어떤 결정을 하든 너를 믿는단다. 너무 늦게 말하게 됐구나. 승근아, 엄마가 정말 사랑해. 엄마 아들로 태어나줘서 정말 고마워."

"어머니, 저도 사랑합니다. 이제 평생 어머니 곁을 떠나지 않을게요."

00:00:01 … 00:00:00

숫자가 모두 0이 되었다.

하얀 머리와 이마에 주름이 가득한 19살 소년은 미소를 띠며

이 세상을 떠났다.

〈붉은 용사들〉

superman
붉은 용사

   사이렌 소리가 울린다. 건장한 사내들이 일사불란하게 움직인다. 나보다 남의 목숨을 먼저 생각하는 붉은색 용사들이 오늘도 자신의 목숨을 담보로 생명을 구하러 간다.

   위잉위잉!

   "어디 불이라도 났나?"

   집으로 향하는 길. 지하철역에서 나오니 사이렌 소리가 크게 들린다. 사이렌 소리와 함께 빨간 소방차 세 대가 지나간다. 길가에 있는 사람들 모두 가만히 소방차가 지나가는 것을 보고 있있다. 소방차기 지나가자 모두 제각각 향하던 곳으로 발길을 옮겼다.

나도 발길을 재촉했다. 골목길을 지나 집 앞에 도착하니 아까 본 소방차들이 집 앞에 있었다. 소방차가 왜 우리 집 앞에 있는지 궁금해하던 찰나, 집 바로 옆에 있는 편의점에서 불길이 번지고 있었다. 편의점 간판만 겨우 보였고 내부와 위쪽에서는 까만 연기가 솟구쳐 나왔다.

그 앞으로 보이는 소방관들은 각자의 자리에서 불길을 잡으려 노력하고 있었다. 호스를 들고 불이 나는 쪽으로 물을 쏘는 소방관들, 무전기를 들고 지시하는 소방관, 그리고 까만 연기 속으로 뛰어 들어가는 소방관이 보였다.

나는 무언가에 이끌리듯 사람들이 모여 있는 쪽으로 발길을 옮겼다. 사람들이 모여 있는 곳에 다다르니 빵집 아주머니가 보였다. 놀라 뛰쳐나온 것인지 아주머니는 잠옷 차림에 얇은 외투 하나만 걸쳐 입고 있었다. 아주머니가 나를 발견하고는 근심이 가득 낀 얼굴로 다가왔다.
"지웅아, 이게 무슨 일이라니. 편의점에 불이 났어."
가볍게 고개를 숙여 인사했다.

원래라면 그저 불난 것만 구경하다 지나쳤을 테지만, 옥황상제를 만나고 한 번 죽었다 깨어나니 나도 모르게 조금씩 변하고 있었다. 주변을 둘러보고 싶은 마음이 생겨난 것이다.

"언제부터 난 거죠?"

내 목소리에 아주머니의 눈이 동그랗게 떠졌다. 아마 내가 말을 건넨 것에 놀랐기 때문일 것이다. 대화가 아예 없던 것은 아니었지만, 지난 일 년 동안 내가 먼저 말을 건 적은 없었으니까.

나를 향하고 있는 아주머니의 눈매가 미세하게 반달 모양으로 변해 있었다.

"나, 나도 방금 나와서 모르겠는데, 얼마 안 된 것 같구나."

"어쩌다 불이 난 건지 아세요?"

"아니. 잘 모르겠단다. 그런데 아까 소방관들이 하는 얘기 들었는데 편의점에서 알바 하는 학생이 못 나온 것 같아."

"큰일이네요…"

그때 까만 연기 사이로 한 소방관이 편의점 아르바이트생으로 보이는 여성을 들쳐 메고 달려 나왔다. 그 옆에 있던 구조대원들은 소방관이 목숨을 걸고 데리고 나온 여자를 받아 급히 구급차에 태우고는 병원으로 떠났다.

얼마 후 불길은 사그라졌지만 뼈대만 남은 채 다 타버린 건물을 보고 있자니 허탈한 마음이 들었다. 다행히도 인명피해는 없었다. 남은 소방관들은 주변 정리를 하기 시작했고 다 타버린 편의점 안쪽으로 들어가 마지막 점검을 끝냈다.

자신의 목숨을 담보로 남의 생명을 구하는 것이 얼마나 어려운 일인지 짐작도 안 갈 만큼 그들의 모습은 비장했다. 제 할 일을 모두 마친 소방관들이 돌아가기 위해 모두 차에 올라타고 있었다.

"저건….."

이제는 적응이 될 때도 됐건만, 여전히 적응하기란 쉽지 않다.

마지막으로 차에 올라타고 있는 소방관의 머리 위로 녹색 빛의 7이라는 숫자가 선명히 떠 있었다. 동료들을 보며 미소 짓고 있는 남자. 얼굴 전체에 그을음이 묻어 새까매진 얼굴을 하고 있는, 조금은 눈에 익는 얼굴.

좀 전 불 속으로 뛰어들며 편의점 아르바이트생을 구해준 사람이었다. 차에 올라타기 위해 발판에 발을 올리고 있는 그를 보며 생각보다 몸이 먼저 반응했다. 나는 다짜고짜 뛰어가 차에 타려던 소방관에게 다가갔다. 옆에 있던 빵집 아주머니의 놀란 목소리가 들렸지만, 신경 쓰지 않았다.

차에 올라타려던 그가 나를 보고 말했다.

"무슨 일이십니까?"

숫자만 보고 너무 생각 없이 뛰어왔던 터라 차마 무슨 말부터 해야 할지 몰랐다.

"아… 아니요. 오늘 고생하셨습니다."

그는 갑작스러운 나의 말에도 입가에 미소를 띠며 답했다.

"아닙니다. 제가 해야 할 일인데요. 그럼 이만."

그렇게 차는 출발했고 언제 불이 났느냐는 듯 주민들도 모두 각자의 집으로 돌아갔다.

"신림 소방서 이일권이라…"

나는 소방관의 옷 안쪽에 있는 소방서와 이름을 기억했다. 머리 위에 환하게 빛나던 녹색 빛 7이라는 숫자와 함께.

***

다음 날 아침.

다른 날과 다르게 커튼 틈 사이로 밝은 빛이 들어오지 않았다. 몸을 일으켜 커튼을 걷어보니 창밖으로 비가 내리고 있었다. 하늘은 낮이라고 생각지 못할 만큼 어두운 빛을 뿜어내고 있었다. 보아하니 금방 그칠 비가 아닌 것 같았다.

"이게 뭐람…"

어릴 때부터 신발이 젖는 것이 싫어 비 오는 날을 유독 싫어했다. 여담이지만 군 시절 선임들의 갈굼보다 비 오는 날 전투화 신는 것이 더 고통스러웠다. 여하튼 아침부터 짜증이 몰려왔다.

아침을 먹기 위해 우산을 들고 집을 나섰다. 습관처럼 집 앞에 있는 빵집에 들어갔다.

"지웅이 왔구나. 오늘 쉬는 날인가 보네."

"아니요. 일은 그만뒀어요. 좀 쉬고 싶어서."

바로 돌아온 내 대답에 빵집 아주머니는 어제와 같은 놀란 표정을 지었다.

아주머니와 인사하고 곧장 빵을 골랐다. 등 뒤로 "변했네…"라는 아주머니의 목소리가 들렸지만, 모른 척 빵을 고르는 일에만 집중했다.

띠링!

빵집의 문이 열리며 손님이 들어왔다. 무심결에 시선을 옮겨 문 쪽을 바라보았는데 그가 서 있었다.

"어…."

한 번 봤지만, 뇌리에 정확히 박힌 얼굴. 어제 본 소방관이었다. 그는 주황색 소방관 활동복을 입고 있었고 한 손에는 모자와 우산을 들고 있었다. 그는 나를 못 알아봤는지 빵 고르는 것에 여념이 없어 보였다.

'6으로 숫자가 줄었네….'

벌써 몇 번이나 사람들의 죽음을 보았지만, 저 숫자는 적응이 되지 않았다.

나는 그의 머리 위로 빛나는 숫자 6을 응시하며 그에게 다가 갔다.

"저기, 안녕하세요."

그는 들고 있던 빵을 쟁반 위에 놓으며 대답했다.

"아…. 누구시죠?"

"그게, 어제 이 앞 편의점에 불났을 때 오셨던 소방관님 맞으시죠?"

그는 자신을 기억하는 게 놀라운 듯 눈을 크게 뜨며 대답했다.

"네. 맞습니다. 근데 어떻게 그걸 기억하시고…"

"아 그게… 어제 너무 감동해서요. 사람 구조하실 때 멋있으셨습니다."

"감사합니다. 뭐 저는 해야 할 일을 했을 뿐인데요. 아! 그러고 보니 어제 저한테 인사하셨던 분이시군요?"

"기억하시는군요."

"어제 일이니까요. 그리고 소방관을 한 지, 15년 정도 됐는데 처음이었습니다."

"뭐가요?"

"고생했다고 말씀해주신 건…"

15년이나 사람들을 위해서 목숨을 바쳤는데 고생했다는 말을 처음 들었다는 그의 말에 나는 놀라지 않을 수 없었다.

"15년이나 위험을 무릅쓰고 일하셨는데 그런 말을 못 들으셨다니…"

"뭐… 구조하는 분들은 모두 의식을 잃거나 바로 병원으로 가시니까 들을 수 있는 기회가 없죠."

그와 이야기를 나누고 있는데 나도 모르게 시선이 그의 머리 위에 머물렀다.

"왜 그러시죠? 제 머리 위에 뭐라도 있나요?"

"아…. 아닙니다. 그런데 저… 초면에 이런 말씀을 드려도 되는지 모르겠지만 너무 위험하게 일하시는 거 아닙니까? 어제도 보니까 불 속으로 뛰어가시던데…."

들고 있던 빵을 계산하던 그는 웃어 보이며 내게 말했다.

"이게 제 일이니까요. 제 목숨 하나로 위험에 처한 생명을 살릴 수만 있다면 저는 언제라도 불 속으로 들어갈 겁니다. 그럼, 저는 바빠서 이만."

마지막 말을 남긴 그는 젖은 우산을 탈탈 털어 펼치고는 유유히 밖으로 나갔다.

"굉장하지?"

계산대 앞에 있던 아주머니가 내게 말했다.

"그러게요. 굉장한 분이네요."

"우리 집 단골손님인데 우리 동네에서 유명 인사야. TV에도 나오고 상도 많이 받았다 들었어. 뭐 가족들은 힘들겠지만…."

"……"

아주머니에게 인사하고 빵집을 나서니 하늘에선 굵은 장대비가 내리고 있었다. 세차게 내리치는 빗줄기를 가르며 황급히 집에 돌아와 곧장 TV를 켰다. 우연히도 뉴스에서 아까 만났던 소방관이 나왔다. TV 속 그는 서울시에서 주관하는 시민참여 소방 체험에 대해 이야기하고 있었다.

"이거다."

***

소방관의 무게

어떻게든 그 소방관과 함께 시간을 보내야 한다고 생각했다. 그래야 어떤 일이든 내가 도울 수 있을 테니. 소방 체험을 하기로 한 당일 이른 아침, 동네에 있는 신림 소방서에 도착했다.

빵집에서 그를 본 뒤 3일이 지난 뒤였다. 신림 소방서는 규모가 매우 큰 소방서였다. 처음 눈에 들어오는 소방서의 크기에 감탄할 수밖에 없었는데, 3층으로 된 건물에 일 층은 대부분이 차고지였다. 그 안에는 소방차와 구급차 그리고 굴절사다리차가 보였다.

소방서 정문 앞쪽에는 체험을 신청한 사람들이 모여 있었다. 얼핏 보니 대략 30명 정도는 돼 보였다. 평일인데도 불구하고 꽤 많은 사람이 모였다. 담당 안내원의 지시에 따라 참가자들은 소방서 2층에 있는 강당으로 자리를 옮겼고 머지않아 행사가 시작됐다.

강당은 2층의 절반을 쓸 정도로 넓었다. 실내 체육관과 닮아 있는 모양새. 오늘처럼 행사를 진행하지 않을 때는 소방관들의 체력단련 체육관으로 쓰고 있다고 했다. 나란히 정렬된 의자 앞에 무대와 단상이 보였다. 그리고 그 위에 큰 현수막이 하나 걸려 있었다.

- 첫 시민 참여 소방 체험 -

소방관의 인솔 아래 무대 앞에 가지런히 놓인 의자에 사람들이 하나, 둘 앉았고 이내 행사 오리엔테이션이 시작되었다. 마치 중요한 내용이 아니라는 듯 담당 소방관은 심드렁한 표정으로 함께 행사를 진행할 다른 소방관들을 인사시켰고 체험 일정을 안내했다. 형식적인 행사가 그렇듯 이후엔 시장의 짧은 인사말과 사진 촬영이 이어졌다. 그렇게 오리엔테이션이 끝났고 담당 소방관은 다시 사람들을 1층 정문 앞에 모이게 했다.

1층으로 내려온 사람들은 정문 앞에 줄지어 서 있었다. 소방관은 사람들에게 총 3개의 조로 나눠서 체험 활동을 진행한다고 했다. 내가 속한 조의 담당자는 머리 위에 3이라는 숫자가 떠 있는 이일권 소방관이었다. 그는 머리부터 발끝, 심지어 말투까지 정직하고 흐트러짐이 없어 보였다.

"만나시 빈갑습니다. 앞으로 3일 동안 여러분을 인솔하게 된 이일권 소방장입니다."

나를 포함한 10명의 조원들은 박수쳤고 그는 말을 이어갔다.

"네. 감사합니다. 지금까지 유치원생들 소방 체험행사만 진행했었는데 이번에 시에서 특별히 성인분들도 참여할 수 있는 프로그램을 만들어줘서 이 자리에 서게 됐습니다. 그럼 간략하게 순서를 말씀드리겠습니다."

그는 바지 주머니에서 종이를 하나 꺼내 읽기 시작했다.

"첫날인 오늘은 저희와 점심 식사를 같이 하시고 기본적인 소방관의 임무를 영상으로 시청한 뒤 귀가하시면 됩니다. 두 번째 날은 저희가 훈련 상황을 만들면 같이 불을 끄는 작업을 체험하시게 될 거고요, 마지막 날은 실전 체험이라고 나와 있는데…"

그는 잠시 말을 멈추었다 다시 이어갔다.

"저는 마지막 날 일정이 취소되었으면 좋겠습니다. 물론 실전 체험이라고 해도 여러분을 위험한 상황에 놓이게 하는 것은 아닐 테지만, 그래도 실전이라는 단어는 저희에게는 진짜 불이 난 상황을 의미하는 겁니다. 불이 난다는 것은 누군가는 위험에 빠져 있는 상황입니다. 꼭 화재 현장으로 나가는 것은 아니겠지만, 저는 마지막 날 일정은 취소되었으면 좋겠습니다. 아무튼, 이 부분은 저희 쪽에서 더 논의해보도록 하겠습니다. 우선 식사하러 이동하겠습니다. 저를 따라오시면 됩니다."

우리 조는 그를 따라 이동했다.

식당에 가는 동안 이일권 소방관의 말이 머리에 맴돌았다. 식사를 마친 뒤엔 2층 영상실에 모여 소방관에 대한 영상을 시청했다. 영상 속에는 우리가 미처 알지 못했던 소방관들의 실질적인 임무들과 실제 화재 현장에서 소방관들의 행동, 그리고 화재진압 방법 등이 나왔다. 영상을 보니 소방관이 위험한 직업인 것은 알고 있었지만, 일반적으로 우리가 알고 있는 것과는 차원이 다른 위험한 일을 하고 있다는 생각이 들었다.

영상 마지막에 체험소방서에서 실제로 화재진압을 하는 동영상을 틀어줬는데 공장에서 불이나 안에 있던 사람들이 대피하지 못하고 모두 갇혀 있는 영상이었다.

영상 컷이 바뀌면서 소방대원들이 까만 연기 속으로 모두 뛰어 들어가는 모습이 나왔다. 소름이 돋았다. 앞이 보이지 않는 불길을 뚫고 하나둘씩 부상자들을 모두 구하는 장면이 나왔다.

정말 이 사람들은 자신의 목숨 따위는 생각하지 않고 사람을 구하러 간다는 것을 또 한 번 느끼던 찰나, 영상이 끝나고 이일권 소방관이 단상 앞으로 나왔다. 그는 마이크에 대고 우리에게

밀했다.

"잘 보셨습니까? 방금 영상으로 본 것이 소방관들의 실질적인 임무입니다. 마지막에 보신 영상은 작년도에 있었던 공장화재 현장입니다. 보셨다시피 저희 소방서에서 화재진압을 했습니다. 그리고 영상에서는 나오지 않았지만, 공장화재 진압 중 저희 동료 대원 한 명이 구조 작업을 펼치다 순직하였습니다."

날숨을 내뱉을 정도의 짧은 틈이었지만, 이일권 소방관의 눈빛이 변하며 눈동자에 무언가 다른 감정이 비집고 들어오는 듯했다.

"그는 결혼한 지 3개월도 되지 않은 신혼 생활을 누리고 있었고 아내의 뱃속에는 아이도 있었습니다. 저희도 그 친구를 잃어 가슴이 아프지만, 그의 부인보다는 덜 아플 것입니다. 이 얘기를 꺼낸 이유는 저희의 일이 힘들다는 것을 이야기하고자 함이 아닙니다. 저는 아니, 우리나라에 있는 소방관들은 이것 하나만 생각합니다. 내 목숨 하나 잠시 내놓으면 100명이든, 1,000명이든 위험에 처한 사람들을 구할 수 있다고. 소방관을 남편으로, 부모로, 또 자식으로 두고 있는 분들은 항상 기도하고 걱정에 마음 졸이며 사시지만, 이 직업은 저희가 선택한 길입니다."

그는 잠시 말을 멈췄고 강당에 있는 30명이 넘는 사람들 그 누구도 작은 숨소리조차 내지 않았다. 그렇게 얼마의 정적이 흘렀을까, 이일권 소방관이 다시 입을 뗐다.

"저희가 출동해서 화재진압 및 구조할 때 입는 옷이 있습니다. 방화복이라 하는데, 저희는 그 옷을 수의라 생각하고 생활합니다. 언제나 내가 죽을 수도 있다고 생각하고 일을 하고 있습니다. 죽는 것은 무섭지 않습니다. 제가 무서운 것은 화재 현장에서 생명을 구하지 못하는 것입니다. 소방 체험 잘 받으시고 다치지 마시고, 무리하지 마시고 그저 우리나라 소방관들이 내 목숨보다 시민들의 목숨을 더 소중히 하는 것만 알아주셨으면 좋겠습니다. 감사합니다."

자리에 있던 30명의 사람은 너나 할 것 없이 박수를 쳤고, 굳은 얼굴을 한 이일권 소방관은 반듯한 자세로 사람들에게 인사를 건넨 뒤 자리를 떠났다. 집으로 돌아가는 내내 나는 이일권 소방관의 마지막 말을 떠올렸다.

"참 소름 돋게 올곧은 사람이구만…"

다음 날 아침.

체험 시간보다 20분 정도 먼저 도착했다. 조금 일찍 도착하니 아직 사람들이 보이지 않았다. 강당에 도착하니 이일권 소방관이 먼저 와서 앉아있었다. 그의 머리 위로는 2라는 숫자가 밝게 빛나고 있었다.

"안녕하세요. 소방장님."

"아, 네. 안녕하세요. 일찍 오셨군요. 이름이?"

"네. 서지웅입니다."

"그래요. 지웅 씨, 오늘도 빵집 들르셨나요?"

"기억하시는군요."

"그럼요. 지난번에도 말씀드렸듯 고생하셨다는 말을 듣기가 쉽지 않거든요."

"네. 그래도 모두 표현하진 않아도 소방관님들께 감사하고 있을 겁니다."

"알고 있습니다. 그리고 그런 것을 바라고 이 일을 하고 있지도 않습니다."

"그럼 소방장님은 왜 소방관이 되셨습니까?"

"음…갑자기 소방관이 된 이유라…"

이일권 소방관이 과거를 회상하려던 찰나 사람들이 몰려 들어왔고 우리의 대화는 나중으로 미뤄야 했다. 그는 무대 위 단상에 올라 마이크에 대고 이야기했다.

"자, 그럼 모두 주목해 주시고, 오늘의 일정을 간략하게 말씀드리겠습니다. 우선 오전에는 조별로 소방서 내부를 견학하고 점심 식사 후 소방서 뒤편 야외에서 불을 직접 끄는 체험을 진행하겠습니다. 어려운 것은 없으니 통제에 잘 따라 주시기 바랍니다. 어제 짜준 조로 이동하세요."

모두 흩어져서 각자의 조로 이동했다. 우리 조는 소방관의 인솔하에 소방서의 내부를 견학했다. 서장실을 지나 행정실, 자료실도 둘러봤다. 그 옆으로 문을 열고 들어가니 샤워 시설도 갖춰져 있었고 대원들 공동침실과 헬스장, 지령실 등도 구경할 수 있었다. 한곳 한곳마다 이일권 소방관은 최선을 다해 설명했다. 마지막으로 그는 소방차가 있는 차고 쪽으로 우리를 안내했다.

차고에 도착하니 소방차와 구급차가 보였다. 한쪽엔 방화복이 쭉 걸려 있었다. 그는 이곳이 제일 중요한 곳이라며 출동 명령이 떨어지면 이곳까지 생각 없이 뛰어야 한다고 말했다. 이곳에서 소방복을 입고 차에 탑승하면 항상 바로 기도를 한다고도 했다.

그가 말한 기도의 내용은 이러했다.

'저희가 도착할 때까지 인명피해 없게 하시고 최대한 불이 번지지 않게 해주시며 혹시라도 불길에 사람이 갇혀 있을 때는 제발, 제가 간 때까지 버티게 해주시옵소서. 그리고 저의 마음이 굳건하게 불길로 뛰어들 수 있도록 언제나 저에게 용기를 주시옵소서. 제발 제 마음에 두려움이 자라나지 않게 하소서.'

나를 포함해 우리 조 사람들은 그의 기도내용을 듣고 아무 말도 하지 않았다. 어떻게 살아야만 저렇게 강한 마음을 가지고 살 수 있는지 존경스러운 마음이 들 뿐이었다.

"자, 그럼 이제 식당으로 이동하겠습니다."

식당으로 이동해 다 같이 식사를 했다.

식사를 하던 중 신경 쓰이는 것을 발견했다. 숟가락을 든 이일권 소방관의 손이 크게 떨리고 있었다. 밥을 먹지 못할 정도는 아니었지만, 국을 떠 입에 넣기 전까지 3분의 1 정도는 흘린 것 같았다. 그 옆으로 보이는 젊은 소방관은 밥을 한 입도 먹지 못하고 한숨만 쉬다 자리에서 일어났다.

모두가 그런 것은 아니었지만, 몇몇 소방관들의 식사에서 일반적인 느낌과는 다른 것을 느꼈다. 잘은 모르지만, 어느 정도는 알고 있다. PTSD. 외상 후 스트레스 장애. 쉽게 말해 후유증. 복

싱선수의 펀치 드렁크처럼, 화재를 진압하고 소방관의 일을 하는 동안 쌓여 왔던 정신적, 물리적 고통이 후유증으로 남아 있는 듯했다. 그러나 그들은 그것이 일상화되었기에 잘 모르는 것 같았다. 내가 이상하게 쳐다보는 것도, 자신이 다른 사람과 조금 다르게 행동하고 있다는 것도 모를 정도로.

나는 더 이상 숟가락을 움직이지 못했다.
그렇게 점심시간이 지나가고 있었다.

점심시간이 지난 뒤 예정대로 불 끄기 체험을 하기 위해 사람들이 소방서 뒤편에 모였다.

"그럼 우선 앉아서 교관들의 시범을 보도록 하겠습니다."

체험하는 인원들이 모두 땅바닥에 앉았다. 앞을 보니 큰 통 안에 불이 피워져 있었다. 2명의 소방관이 호스를 잡고 불이 나는 통 가까이로 다가갔다. 이후 뒤쪽에 있던 다른 소방관에게 물을 틀라고 소리쳤다. 소리를 들은 소방관이 잠금 밸브를 풀었고 호스에서 물이 나왔다.

한눈에 봐도 물줄기가 굉장히 강하게 나오고 있었다. 두 명의 소방관이 호흡을 맞춰 물줄기를 붙이 있는 통에 멈춤시켰다.

치이익…

얼마 뒤 불은 꺼졌고 박수 소리가 이어졌다.

"그럼 세 명씩 나오셔서 체험해 보겠습니다."

그렇게 소방관들의 도움을 받으며 전원 체험을 마쳤다.

"그럼 오늘 일정은 이렇게 마무리하도록 하겠습니다. 수고 많으셨습니다."

박수 소리와 함께 체험 인원 모두 제각각 각자의 집으로 향했다. 나 역시 집으로 갈까 망설이다 아침에 못다 한 대화가 생각나 이일권 소방관을 찾았다. 그는 다른 동료 소방관들과 뒷정리를 하고 있었다.

소방호스를 감고 있던 그에게 다가가 말했다.

"저기 소방장님…"

"예. 지웅 씨, 무슨 일이죠?"

"네. 다름이 아니라 아침에 했던 이야기를 마저 할 수 있을까요?"

감고 있던 호스의 마무리를 다른 소방관에게 부탁하고 그는 다른 곳으로 자리를 안내했다.

우리는 소방서 뒤쪽에 있는 나무 벤치로 이동했다. 그곳에는 음료수를 뽑을 수 있는 자판기가 있었다. 나무들로 그늘이 가려진 시원한 벤치에 나란히 앉은 우리는 이야기를 시작했다.

"소방장님, 아까 제가 물었던 것부터 대답해 주실 수 있나요?"

"소방관이 된 이유라 했었나요?"

"네."

"제가 소방관이 된 이유는… 제가 어릴 적 그러니까 초등학생 때 일이었을 겁니다. 부모님이 맞벌이를 하셨기에 저와 동생 둘이서 밥을 해 먹을 때가 많았습니다. 그날도 다른 날과 다름없이 밥을 먹으려고 찌개를 끓이고 있었습니다. 그때 저와 동생은 게임을 하고 있었는데 게임에 빠진 나머지 찌개를 올려놓은 것을 까먹은 거죠. 그렇게 시간이 지나 밥 먹으러 거실에 나와 보니 온통 불바다였습니다. 앞은 거의 보이지 않았고 저희는 무서운 마음에 방에 숨어버리고 말았죠."

그는 잠시 말을 멈추었다. 예전 생각이 떠오른 건지 나는 알 수 없었다. 잠시 동안 생각에 잠겨 있던 그가 다시 말을 이어갔다.

"그렇게 방에 숨어서 이렇게 죽는 건가? 하고 울고 있었는데 어디선가 큰 소리가 났어요. 그리곤 문이 열리는 소리가 들렸습니다. 누군가 "누구 없어요?"라고 소리치길래 저도 악을 쓰며 소리쳤죠. 제발 살려달라고요."

목이 메는지 자판기에서 뽑은 음료수를 한 입 들이키고서는 그가 다시 밀을 이어갔다.

"방문이 열리고 소방관으로 보이는 한 남자가 연기 사이로 나타났어요. 그 남자는 나와 동생을 번쩍 들고 밖으로 나가줬죠. 그때였어요. 소방관이 되고 싶다는 생각을 처음 하게 된 게. 어린 마음에 너무 무서워 울고만 있었는데 소방관 아저씨가 나타날 때 뭐랄까… '살았다.'라는 느낌이 들더라고요. 그렇게 해서 저희는 소방관이 되었어요."

"저희라니요? 그럼 동생분도 소방관이 되신 건가요?"

"네."

"동생분도 이 소방서에서 근무하시는 건가요?"

"했었죠. 작년까지는…."

"두 분 다 소방관이 되셨다니 대단하세요. 불 속에서 무서우셨을 텐데 그 계기를 직업으로 삼으시다니…."

"무서웠죠. 지금도 무섭고요. 하지만 그때 저를 구해주신 소방관님 이름도 얼굴도 모르지만, 그분이 있기에 제가 지금 살아가고 있는 것입니다. 그리고 그분 때문에 제가 다른 사람들도 살릴 수 있게 된 거고요."

"분명 다른 사람들도 소방장님을 그렇게 생각하고 있을 겁니다. 생명의 은인으로."

"말만 들어도 감사하네요. 그럼 이야기는 이쯤 하고 돌아갈까요?"

"네. 어려운 이야기 해주셔서 감사합니다."

"아닙니다. 조심히 가세요."

그렇게 벤치에서 일어나 그는 나에게 가벼운 목례를 하고 소
방서로 먼저 발걸음을 옮겼다.

"하늘은 참 예쁜 꽃만 꺾어 가는구나."

***

불꽃

아침이 밝았다. 오늘은 소방 체험 마지막 날이다. 그리고 이
일권 소방관의 마지막 날이기도 하다. 빠르게 준비를 마친 뒤 집
에서 나와 빵집에 들렀다. 오늘도 어김없이 웃으며 맞아 주시는
아주머니. 그녀는 언제나 그렇듯 화장기 하나 없는 얼굴, 김밥을
여러 개 올려놓은 것 같은 아줌마 파마에 검은색 얇은 외투를 입
고 있었다.

"지용이 왔구나. 오늘은 늦은 시간에 왔네."

"아… 네. 요즘 소방 체험을 하고 있어요."

"그렇구나. 우리 동네에서 한다는 걸 들은 적은 있었어. 어떠니 재미있니?"

"네, 재미있어요. 소방관들이 하는 일 체험해 보는 건데 대단해요. 소방관들."

"그렇구나. 그럼 우리 집 단골 소방관님도 자주 보겠네?"

"혹시 그 이일권 소방관님 말씀하시는 건가요?"

"맞아. 그분 알고 있구나?"

"네. 소방관님 조에서 체험하고 있어요."

"그렇구나. 그분 참 대단하신 분이지. 내가 듣기로는 형제가다 소방관을 했었다 들었어."

"저도 들었어요. 그런데 동생 분은 지금 없는 거 같아요."

"동생이라… 동생도 원래는 우리 빵집 단골이었어. 둘이 같이 빵집에 오곤 했는데…."

"지금은 다른 곳에서 근무하나 봐요."

"그게… 아니다. 남 얘기 함부로 하는 건 아니니까."

"무슨 말씀이세요?"

"그게… 말해도 되나 모르겠네."

아주머니는 잠시 고민하는 듯 애꿎은 머리를 손으로 만지작거렸다.

"그게 이일권 씨 동생분도 이 동네 소방서에서 같이 근무했었어. 그때는 우리 빵집에도 둘이 같이 자주 오곤 했단다. 그런데 작년이었나? 공장에서 불이 났을 때 이일권 씨 동생이 화재진압을 하다가 쓰러진 기둥에 깔려 죽었다는구나. 그때 이일권 씨가 거기 같이 있었다는데 구하지 못했나 봐."

문득 체험 첫날이 떠올랐다. 분명 작년 공장 화재 현장에서 순직한 소방관이 있다고 했는데… 그게 이일권 소방관의 동생이었다니. 나는 빠르게 가게를 나왔다.

소방서 강당에 도착했다. 오늘은 다른 체험생들이 먼저 와있었다. 나는 뒤쪽 자리에 앉아 체험이 시작되기를 기다렸다. 몇분 후 담당 소방관들이 모두 들어와 무대 오른편에 나란히 섰다. 곧이어 이일권 소방관이 마이크가 있는 단상 위로 올라가 이야기했다.

"안녕하십니까. 이일권 소방장입니다. 잠들은 잘 주무셨습니까? 오늘은 체험 마지막 날입니다. 오늘의 일정을 간략하게 설명해 드리겠습니다. 오늘의 일정은 실전훈련이라고 나와 있습니다. 각 조로 임무를 분담해서 체험해 보는 방향으로 하겠습니다. 모두 각 조로 모여주세요."

그의 말이 끝나고 사람들은 저마다 자신의 조로 이동했다. 나도 이일권 소방관이 있는 쪽으로 자리를 이동했다. 조원 10명이 모두 모이자 그는 우리에게 말했다.

"저희 조는 오늘 출동 임무를 부여받았습니다."

조원들이 웅성거리기 시작했다. 그도 그럴 것이 가장 위험한 임무를 우리가 맡았기 때문이다.

"걱정 마세요. 위험한 일은 시키지 않습니다. 다만 신고 접수가 오면 출동하는 과정, 출동 후 대처 등을 옆에서 관찰하고 조금만 따라 해주시면 됩니다. 그리고 꼭 불이 나는 곳으로만 출동하지 않습니다. 저희는 시민의 안전이 위협되는 곳이라면 어디든 갑니다. 너무 걱정 안 하셔도 됩니다."

우리 조는 소방관들이 대기하는 대기실로 자리를 옮겼다. 대기실로 가는 중 다른 조 사람들이 보였다. 다른 조들은 상황실과 신고 접수실, 근무 대기조들이 해야 하는 일들을 체험하고 있었다.

대기실에 도착했다. 대기실은 뭐랄까, 그냥 기숙사 같았다. 양쪽으로 2층 침대가 하나씩 놓여 있었고, 중앙에 낡은 텔레비전이 하나 있었다. 남자들만 있는 곳이라서 그런지 오래된 빨래 냄새가 나는 것 같았다. 우리는 도착해 의자와 침대에 앉아있었다.

"여기가 대기하는 곳입니다. 꼭 여기서 대기하는 것은 아니지만 다른 할 일이 없으면 여기에서 휴식을 취하고 있습니다. 그리고 출동 명령이 떨어지면 바로 1층에 있는 차고지로 뛰어가면 됩니다. 아까도 말씀드렸다시피 꼭 불이 나는 곳으로만 출동하는 건 아닙니다. 다른 곳으로 출동할 일도 많습니다. 그러나 만약에 불이 나는 곳으로 출동하게 되면 여러분은 아마 차량에서 대기하시거나 어제 배운 호스 물 공급 등 안전한 쪽에서 실전 체험을 하시게 될 겁니다. 그럼 걱정 마시고 잠시 쉬도록 하겠습니다."

이일권 소방장은 내가 앉아있는 침대 옆쪽에 자리를 잡고 앉았다. 그의 머리 위로 2:00:00이라는 숫자가 밝게 빛나고 있었다.

'두 시간… 뒤에 돌아가시는 건가.'

꽤 오랜 시간 정적이 흘렀다. 30분 정도 흘렀을까? 사이렌 소리가 들리고 출동 방송이 흘러나왔다.
위이이이이-

"출동, 출동. 신림 상가건물 지하 주차장에서 화재 발생, 화재 발생. 다시 한번 전달한다. 신림 상가건물 지하 주차장에서 화재 발생, 화재 발생!"

방송이 끝나기도 전에 이일권 소방장은 우리에게 소리쳤다.

"자, 어서 저를 따라오세요!"

우리 조는 그를 따라 2층인 대기실에서 1층 차고지까지 쉬지 않고 뛰어갔다. 차고지에 도착하니 먼저 도착한 소방관들이 소방복을 입고 있었다. 어느새 소방복을 입고 나타난 이일권 소방장이 차에 오르며 소리쳤다.

"자, 모두 소방차에 타세요."

우리는 소방차 3대에 나눠 탑승했다. 실전이라 그런지 체험 인원들이 타자마자 차는 출발했다. 나는 이일권 소방장과 같은 차에 탑승했다. 그는 화재 현장으로 가는 차 안에서 눈을 감고 손을 모으고 있었다. 기도하는 것 같았다. 정확한 기도의 내용은 알 수 없지만, 속으로 그 기도가 이루어지길 누구보다 바랐다.

빠르게 달려 화재 현장에 도착했다. 화재 현장은 지하 주차장이었다. 5층 정도 되는 낮은 빌딩. 지상으로 나와 있는 주차장 출

입구에서 연기가 뿜어져 나오고 있었다. 아직 1층까지는 불이 옮겨붙지 않았지만, 지하에서 불이 난 것이라 일반인인 내가 봐도 불길을 잡기 쉽지 않을 것 같았다.

차에서 내렸다. 이일권 소방장은 체험 인원들에게 소방차에 붙어있으라 당부했다. 그리고는 소방대원들과 함께 호스 물을 공급하라고 지시했다. 또한 그는 소방관 몇 명에게 빌딩에 있는 모든 사람을 대피시키라 명령한 뒤 무전기에 대고 말했다.

"자, 다들 들리나. 모자에 불 켜고 장비 착용 잘 점검하고 호스 들고 주차장으로 바로 진입한다. 살아서 보자. 모두 진입 개시!"

그렇게 10명의 소방관이 호스를 들고 연기가 나오고 있는 지하 주차장 안으로 뛰어 들어갔다. 나는 소방관들이 무사하기만을 기도했다. 그때 차에서 대기하던 소방관의 무전기에서 소리가 들렸다.

소방대원과 이일권 소방장의 대화였다.

"소방장님, 중앙 쪽에 있는 차에서 불이 난 것 같습니다. 불은 아직 그렇게 크게 번지지 않았습니다."

"그럼 모두 중앙 쪽으로 모여라. 중앙에 있는 불길을 한 번에 잡는다."

"예!"

무전기 소리를 들어 보니 불은 아직 크게 번지지 않은 모양이었다. 밖에 있는 나로서는 안에서 무슨 일이 벌어지는 건지 알 수 없었다. 그저 무전기 대화로나마 상황을 파악하는 게 전부였다. 그렇게 십 분 정도의 시간이 지났을 즈음 또다시 무전기에서 낮고 굵은 소리가 들렸다.

"소방장님, 화재의 원인으로 보이는 차 안에 사람이 타고 있습니다."

소방대원 중 하나의 목소리였다.

"호스로 물 계속 뿌리고 구조는 내가 간다. 모두 불길을 잡는데, 집중하도록."

무전기에서 나오는 대화에 집중하고 있던 그때 주차장 안쪽에서 무언가가 폭발하는 소리가 들렸다.

펑!

정신이 아득히 멀어지는 폭발. 그곳에 있던 모든 인원의 얼굴색이 파리해졌다. 폭발음이 들리고 곧바로 무전기에서 소리가 들렸다.

"구급차, 구급차 불러. 소방장님이 위급하다. 빨리!"

내 앞에 있던 소방대원이 뒤쪽으로 달려갔다. 아마 화재진압을 하는 소방차들에 밀려 뒤쪽에서 기다리고 있을 구급차에 도움 요청을 하러 간 듯했다. 소방차에 걸린 무전기에서 소리가 이어졌다.

"진혁이가 뒤쪽에 있는 구급차 부르러 뛰어갔습니다. 어떻게 된 겁니까! 소방장님은 괜찮으십니까?"

"차 안에 있는 사람을 구하시려고 차에 다가갔는데, 그때 차가 폭발했어. 아직 숨은 붙어있으셔. 지금 모시고 나간다."

주차장 입구 쪽으로 시선을 집중했다. 연기는 처음보다 적게 나오고 있었다. 그때 소방대원 한 명이 소방장을 등에 업고 달려 나오고 있었다. 소방대원이 우리 앞쪽에 다가왔을 때 밖에 있던 체험생들은 고개를 숙여야 했다.

소방대원이 땅에 이일권 소방장을 내려놓고 소방복을 벗겼다. 소방장의 얼굴은 까맣게 그을린 채 피범벅이 되어 있었다. 까만 그을음을 점점 지우듯 붉은 피가 얼굴을 뒤덮어갔다. 체험생들과 다른 소방대원은 말없이 그런 소방장을 바라보고 있었다.

피로 뒤덮인 얼굴이 살짝 떨려왔다. 눈을 뜨지도 못한 채, 이일권 소방장의 목소리가 울렸다.

"차… 차 안에 있던 사람은…"

그는 이 상황에서도 다른 사람을 걱정하고 있었다. 울컥한 마음이 순식간에 눈시울을 적셔갔다. 이일권 소방장을 업고 온 소방대원이 말했다.

"폭발에 휩싸여 구해내지 못했습니다. 죄송합니다."

"또 구하지 못했나…"

피범벅이 된 이일권 소방장의 얼굴 위로 눈물이 흘러내렸다. 그리고 그의 머리 위로는 00:03:00이라는 숫자가 띄워져 있었다. 이제 그를 떠나보내기까지 3분밖에 남지 않았다.

그때 소방장의 팔이 움직였다. 고통에 겨워 덜덜 떨리는 와중에도 간신히 팔을 들어 올렸다.

"소방장님… 움직이시면…"

"무전기… 무전기를… 입에……"

소방대원이 무전기를 이일권 소방장의 얼굴 앞으로 가져다 댔다.

"모… 모두 들리나. 현장 마무리 잘하고…. 우리 대원들 나 같은 소방관은 되지 말도록. 두 명이나 구하지 못했어. 소방관으로

서 난 실격이야. 소방관은 불을 끄는 것보다 불 속에 있는 사람을 구하는 것이 더 중요하다. 항상 명심하도록."

대원이 천천히 무전기를 얼굴에서 떼었다.

소방대원들과 우리 조원들 모두 눈물을 흘리고 있었다. 어느덧 그의 머리 위에 떠 있는 숫자가 00:01:00이 되어 있었다.

이제는 내 차례였다. 내가 할 수 있는 일. 나만이 할 수 있는 일.

나는 누워있는 소방장에게 다가가 이야기했다.

"이것이 내가 주는 마지막 선물이다."

***

진정한 슈퍼맨

천천히 눈이 떠졌다. 아프지 않았다. 몸에 난 화상이 쓰라리지 않았다. 동생을 만나러 온 건가.

"여기는 어디지? 온통 까매서 안 보여. 내가…죽은 건가."

"안녕하세요. 아저씨."

작은 목소리가 들리고 눈앞에 20대로 보이는 여성이 나타났다. 그녀는 긴 생머리에 붉은 머리띠를 하고 하얀색 간호사 유니폼을 입고 있었다.

"누구시죠? 저를 아시나요?"

"알아요. 아저씨가 저 구해주셨잖아요."

"내가 구해줬다니…"

"집에 불이 났을 때 아저씨가 구해주셨어요. 기억나실지 모르지만요. 그 이후로 저 아저씨 덕분에 꿈이 생겼어요. 그렇게 아저씨처럼 사람들을 도와줄 수 있는 일을 하게 됐어요."

"내가 구해줬던 학생이군요. 건강해 보여서 다행입니다."

그때 옆에서 또 다른 사람이 걸어왔다. 그는 등이 굽어 허리를 펼 수 없는 것처럼 보였다. 지팡이를 짚고 있었지만, 표정은 누구보다 밝고 건강해 보였다.

"이보게, 젊은이 고마워. 자네 덕분에 손자 녀석을 볼 수 있었다네."

노인의 옆에는 많은 사람이 있었다.

앞선 이들을 생각했을 때, 아마 이들은 내가 목숨을 바쳐 구해 낸 사람들일 것이다. 소방복을 입은 청년. 그 또한 나에게 도움을 받아 소방관이 됐다고 했다. 내가 소방관이 되었던 것처럼. 오래 걸리긴 했지만, 지금은 꿈을 이뤄 소방관으로 근무를 하고 있다 고 했다. 옆에 있는 교복을 입은 학생은 이번에 대학에 합격했다 고 했으며, 그 옆에 있는 여자는 곧 결혼을 앞두고 있다고 했다.

"모두 건강해 보여서 다행입니다. 제가 이렇게 많은 사람을 구 했다니…"

눈에 조금씩 눈물이 고였다. 흘러내리진 않았지만, 눈물이 고 여 시야가 흐릿해졌다.

"저희를 구해주서서 감사합니다. 아저씨."

다들 한목소리로 나에게 고마움을 표했다. 어린아이의 목소 리에서부터 변성기가 온 학생의 목소리, 젊은 여성의 목소리, 그 리고 나이 든 노인의 목소리까지. 모두 나에게 감사하다고 말하 고 있었다.

참는다고 참았는데, 결국 눈망울에 고여 있던 눈물이 흘러내 렸다.

남들을 위해, 감사의 표현을 받기 위해, 목숨 바쳐 일해 왔던 건 아니지만 누군가에게 도움이 되는 일을 한다는 것이 이렇게 행복한 일이었다는 걸 이제야 알게 됐다. 내가 구해준 사람들이 행복하게 살아가고 있다는 것이, 나를 오래도록 기억해주는 사람이 많다는 것이 감사해져 눈물이 멈추지 않았다.

그렇게 눈물을 감추려 고개를 숙이고 있는데 어디선가 익숙한 목소리가 들렸다.

"형…"

고개를 들어 소리가 나는 쪽으로 시선을 옮겼다.

"……"

그곳에는 소방복을 입은 동생이 서 있었다. 내가 보았던 마지막 모습 그대로. 화재 현장에서 구하지 못했던, 까맣게 그을린 모습 그대로.

"왕윤아…"

1년여 만에 보는 동생이었다. 세상에서 가장 소중했던 동생. 나 때문에 죽은 내 동생.

"형, 잘 있었어?"

동생은 분명 죽었다. 그 사실은 변하지 않는다. 이미 방금 전에 만났던 사람들과 폭발에 휩싸여 숨이 끊어진 것 같은 내 상황을 종합해 볼 때, 이 순간은 아마 신이 나에게 주는 마지막 선물인 듯했다. 그러니 이것이 현실이든 아니든 상관없다. 동생을 만나면 꼭 하고 싶었던 말이 있었는데…. 그 기회가 온 것이다.

"그래, 잘 지냈다. 왕윤아 마지막에 나 대신 불기둥에 깔리게 해서 미안하다…."

"아니야. 내가 형 구하려다가 깔린 건데… 미안해하지 마."

"아니. 형이 그때 죽었어야 했는데… 형 때문에 아들 얼굴도 못 보게 해서 정말 미안해."

"그러지 말라니까. 형이 말했잖아. 우리가 선택한 길이라고. 목숨 바쳐 사람들을 구하는 일이 소방관이라고. 난 내 목숨 바쳐 사랑하는 형을 구한 거야."

눈물이 멈추지 않았다. 1년 만에 만난 동생에게 제대로 사과해야 하는데, 동생의 얼굴마저 똑바로 쳐다볼 수 없었다. 동생은 나 때문에 아들의 얼굴도 보지 못한 채 하늘나라로 가버렸다. 백 번 사과를 해도 모자랄 정도였다.

"왕윤아 정말 미안하다. 형이 너 몫까지 사람들 구하고 싶었는데 또 구해내지 못했어."

"형. 모두를 구하면 좋겠지만, 구하지 못했다고 해서 형 책임은 아니야. 구하지 못해서 평생 죄책감을 느끼면서 살 필요는 없어. 형은 목숨 바쳐 그 사람을 구하러 불길에 뛰어들었잖아. 그거 아무나 못 하는 거야. 그리고 형은 이미 많은 사람을 살려 줬잖아. 형이 있기에 이렇게 많은 사람이 오늘을 살 수 있게 됐어."

이일권 소방장과 이왕윤 소방관의 몸이 빛나기 시작했다.

마지막 순간이었다.

"왕윤아, 우리 다음 생에는 꼭 더 많은 사람 살리자."
"응. 나는 다시 태어나도 꼭 소방관이 될 거야."

그렇게 미소만을 남긴 채 형제의 마지막 만남이 끝이 났다.

00:00:00

지하 주차장에 불이 꺼지고 그렇게 이일권 소방장의 마지막
출동이 끝났다. 많은 사람을 구해냈던 붉은 슈퍼맨은 그렇게 하
늘나라로 떠났다.

〈웨딩드레스〉

웨딩드레스
재회

결혼이란 1 더하기 1이 유일하게 하나가 되는 마법이다.

날이 제법 쌀쌀해졌다. 이제 거리에서 패딩을 입지 않는 사람을 찾아볼 수 없게 되었다. 많은 일이 있었다. 다시 살아난 이후 평범한 사람처럼 살고 있지만, 이제는 평범해질 수 없다는 것도 알고 있다.

특별히 생활이 바뀐 건 없다. 그저 시험이 진행되는 49일 안에 사람들의 머리 위에 숫자가 보이면 나만이 할 수 있는 일을 한다는 것 정도.

겨울이 되었다. 그 많던 잎들이 꼭꼭 자취를 숨겼다. 여름에는 나무들이 하나의 나무처럼 푸르렀지만, 겨울이 되니 모두 각자의 개성을 숨기고 모두 사라졌다. 한참을 생각 없이 앙상해진 나무들만 바라보며 걷고 있을 때 주머니 속 핸드폰이 울렸다. 걸음을 멈춰 전화를 받았다.

"여보세요?"

"여보세요? 서지웅 핸드폰 맞나요?"

많이 들어 본 목소리였다. 가깝지는 않지만 오래된 기억 속에서 들었던 목소리.

"예. 맞습니다. 누구시죠?"

"지웅아, 나야. 규일."

"규일? 설마 김규일?"

규일이는 내 초등학교 동창이다. 고등학교 때까지는 꾸준히 만났다가 19살 때 규일이가 이민을 가게 되면서 연락이 끊어졌다.

"응. 잘 지내냐, 지웅아?"

"잘 지내지. 왜 이렇게 오랜만이야. 한국 들어온 거야?"

"어. 어제 왔어. 그래도 오자마자 바로 연락한 거다."

"고맙다. 8년 만인가? 그런데 무슨 일로 온 거야?"

"그게… 나 결혼해, 지웅아."

"뭐? 결혼?"

"응. 자세한 얘기는 만나서 하자. 혹시 내일 시간 되냐?"

"어. 되지."

"알겠어. 내가 장소랑 시간 메시지로 남겨 둘게."

"그래. 내일 보자."

전화를 끊고 하늘을 바라보았다. 청명한 하늘을 올려다보는 내 입가가 평소보다 조금 위로 올라갔다. 오랜만에 옛 친구의 목소리를 들어서 기분이 좋아진 걸까? 친구의 결혼 소식에 나도 들뜬 걸까. 벌써부터 내일이 기다려졌다.

처음으로 다시 살아난 것이 조금은 잘된 일인 것도 같다고 생각했다.

자살한 채로 끝났다면 오랜 친구의 목소리도, 이런 좋은 소식도 못 들었을 테니까.

부모님의 죽음 때문에 시야가 좁아져 있었는지도 모르겠다. 어쩌면 내 죽음에 울어줄 존재가 많았을지도…

잠시 후 규일에게 문자가 왔다.

[지웅아, 내일 3시, 강남역 8번 출구 앞 엘리스 커피에서 보자.]

"세 시리…"

***

다음날 약속보다 30분이나 먼저 카페에 도착했다. 늦지 않으려 서두르긴 했지만, 너무 일찍 와버렸다. 점심시간이 지나서 그런지 가게에 손님이 많이 없었다. 창가 쪽에서 책을 읽고 있는 손님 한 명과 커플로 보이는 남녀만이 있었다.

나는 입구에서 잘 보이는 중간 자리에 앉아 규일을 기다렸다. 10분 정도 지났을까. 문이 열렸다. 열린 문틈 사이로 겨울의 쌀쌀한 바람이 발목을 스쳐 지나갔다. 그리곤 나도 모르게 입구를 바라보았다.

입구에는 갈색 코트와 갈색 워커를 맞춰 입은, 도드라지게 눈에 띄는 남성이 서 있었다. 규일이었다. 8년이 지났지만, 얼굴은 여전히 8년 전 그대로인 친구.
"규일아, 여기야."
나는 일어나 규일에게 위치를 알려주려 손을 들었다. 그러자,

단번에 나를 발견한 규일이 입가에 웃음을 보이며 반갑게 인사
했다.

입구에서 걸어오는 규일이의 뒤쪽에 누군가 서 있었다. 규일
이의 몸에 가려 보이지 않았지만 가까이 올수록 그 모습이 뚜렷
해졌다. 바로 앞쪽까지 와서야 누군지 눈치챌 수 있었다.

작고 아담한 키에 하늘색 니트, 베이지색 치마를 입은 여자는
한눈에 봐도 어려 보였다. 단발머리에 잡티 하나 없이 깨끗한 얼
굴. 규일이의 예비 신부 같았다.

"오랜만이다. 지웅아."

"어. 나는 같이 오는 줄 몰랐네."

"아, 맞네. 우선 소개시켜 줄게. 이쪽은 나랑 결혼할 사람이야.
이름은 이아린. 그냥 아린이라 불러."

"안녕하세요. 저는 규일이 초등학교 친구 서지웅입니다."

그녀도 내게 인사하듯 고개를 숙였다 올리며 말을 이어갔다.

"안녕하세요. 저… 저는 오빠 여자 친구 아린입니다."

부끄러움을 많이 타는 것 같았다. 나와 눈도 제대로 못 마주치
는 그녀였다.

"네. 만나서 반가워요."

그녀와의 인사를 지켜보던 규일이가 나에게 말했다.

"우선 마실 것 좀 시키자 뭐 머을래?"

"나는 아메리카노. 아이스로."

"알겠어. 자기는?"

"오빠, 내가 주문하고 올게."

그녀는 자리에서 일어나며 자신이 주문하러 간다고 했다.

그녀가 커피를 주문하러 간 뒤 우리는 이야기를 이어갔다.

"그래도 결혼하는데 미리 소개는 시켜줘야 할 것 같아서 데리고 나왔어."

"잘했다, 잘했어. 그런데 갑자기 결혼이라니 만난 지는 얼마나 된 거야?"

"한 1년 좀 넘었지?"

"어디서 만났는데."

"호주에서 우리 부모님이 식당 하잖아. 아린이가 워킹홀리데이 와서 우리 가게에서 알바 했거든. 나도 뭐 부모님 일 도와드리다가 친해져서 사귀게 됐지."

"오⋯. 아무튼, 축하한다. 결혼식은 언젠데?"

"12월 20일. 2주 정도 남았나?"

날짜를 듣고 놀라지 않을 수 없었다. 어제 한국에 들어왔는데, 2주 뒤에 결혼이라니.

"2주? 시간이 얼마 안 남았는데 식장이랑 다 구해놓은 거야?"

"식장은 성당에서 하기로 해서 예약은 해놨어. 뭐, 나도 너무 갑작스럽게 결혼하는 것 같아서 아직도 실감이 안 나."

"너무 급하게 하는 거 아니냐? 천천히 해도 되잖아. 둘 다 나이도 어린데."

규일은 주문대 앞에 있는 여자친구를 바라보며 말했다.

"그냥 놓치기 싫어서. 1년밖에 만나지 않았지만, 이 여자면 평생 행복할 것 같아서. 내가 하고 싶은 거 못해도, 먹고 싶은 거 못 먹어도 같이 있으면 내가 더 행복하더라고. 그래서 서두르게 됐어."

"멋있네. 2주 만에 준비하려면 바쁘겠다."

"아니야. 결혼식 최대한 작게 하기로 했어. 가족이랑 친척들만 오고 서로 친한 친구 몇 명만 부르기로 했어. 그래서 2주 전에 한국 온 거야. 2주 정도면 준비할 수 있겠더라고."

"아⋯ 근데 진짜 실감이 안 난다. 너 여자 별로 안 좋아했잖아. 학생 때까지만 해도 여자랑 말도 못 하던 놈이."

"그러게. 여자보다 노는 게 더 좋고, 결혼은 해도 그만, 안 해도 그만이라 생각했는데. 지금 여자친구를 만나면서 많이 바뀌었어. 나 같은 사람을 이만큼 좋아해 주는 여자가 어디 있을까 생각도 들고 무엇보다⋯"

규일이의 시선이 나를 향해 움직였다.

"내가 바뀌어 가는 게 눈에 보이니까. 그 사람을 위해서 원래 타지도 않던 놀이기구를 타고, 먹지 않았던 회도 먹고. 내가 싫어하는 걸 참고 같이할 만큼 그 사람이 좋더라고."

말하는 내내 입꼬리가 내려가지 않는 규일이를 보며 얼마나 그녀를 좋아하는지 조금이나마 느낄 수 있었다. 그때 규일의 여자친구가 쟁반에 커피를 들고 돌아왔다. 그녀는 우리 앞에 커피를 하나씩 나눠주며 자리에 앉았다.

"마…맛있게 드세요."
조용한 목소리로 그녀가 말했다. 나는 그녀를 보며 대답했다.
"잘 먹을게요…."

그렇게 그녀와 규일이가 환하게 웃으며 이야기했지만, 그들의 대화가 나의 귀엔 들리지 않았다. 잠시 생각에 잠겼다. 무의식중에 표정이 굳어져 버린 건지, 생각에 잠겨 있는 내게 규일이 말했다.
"뭐해? 갑자기 말도 안 하고 무슨 일 있냐?"
"아… 미안, 미안. 잠깐 생각 좀 했어."
"놀랐잖아. 아무튼, 우리 내일 결혼식 때 입을 드레스랑 턱시도 맞추러 가는데 같이 갈래?"

"내일? 둘이 가는 게 낫지 않아?"

"여자친구 친구들이 내일 시간이 안 된대서. 둘이 가는 것보다는 다른 사람이 보는 것도 중요하니까."

잠시 생각하던 나는 규일이에게 대답했다.

"알겠어. 내일 같이 가자. 아린 씨 같이 가도 괜찮을까요?"

여전히 눈도 잘 마주치지 못하고 있지만, 조금 편해진 표정으로 그녀가 고개를 끄덕였다.

"네…. 같이 가주시면 감사하죠…."

규일이와 여자친구의 대화는 계속되었고 웃고 있는 그들의 대화를 나는 그저 묵묵히 지켜볼 수밖에 없었다.

그렇게 시간이 흐르고 우리는 자리에서 일어났다. 카페 밖으로 나와 우리는 내일 보자는 말을 남기며 헤어졌다. 규일이와 아린 씨가 몸을 돌려 걸음을 옮겼다. 둘이 딱 붙어서 걸어가는 모습이 시야를 가득 채워왔다. 그 모습에 작은 미소를 머금으며 손을 흔들고 있었지만, 내 눈은 그렇지 못했다. 깊은 날숨과 함께 차오르는 눈물이 그들의 모습을 흐리게 만들었다.

"왜 또…… 왜 하필… 좋은 사람들한테만……."

멀어져 가는 친구의 모습 옆으로 초록색 숫자 7이 떠 있었다. 흐려지는 시야에도 가리지 못한 숫자 7이 아린 씨의 머리 위에서 환하게 빛나고 있었다.

7일 후에 그녀가 죽는다. 8년 만에 만난 친구가 처음으로 자신의 모든 걸 바꾸게 할 만큼 사랑하는 사람을 만났는데, 그 여자가 7일 후에 죽음을 맞이한다는 걸 나만이 알고 있다.

옥황상제와의 만남이 떠올랐다.
그때는 몰랐지만, 왜 이 49일을 기회이자… 시험이라고 했는지 알 것 같았다.

***

다음날 규일이가 알려준 드레스샵으로 향했다.

지하철을 타고 가는 긴 시간 동안 아무리 생각해도 규일이에게 어떻게 이 사실을 말해줘야 할지 적당한 말이 떠오르지 않았다.

가장 행복한 시간을 보내고 있는 그 둘에게 지옥보다 더한 고통을 전해야 한다는 사실이 나를 더 괴롭게 했다. 벌써 숫자가 보이는 사람들을 꽤 만나고 떠나보냈지만, 언제나 이 능력은 나 자신에게 너무 가혹하다.

생각을 정리하지 못한 채 그렇게 약속 장소에 도착했다. 입구에 규일이의 모습이 보였다. 아직 아린 씨의 모습은 보이지 않았다.

"규일아."

"어, 왔냐? 고맙다."

"아린 씨는?"

"아직 안 왔어. 거의 다 왔대. 조금만 기다리자."

"응. 저기 규일아, 나 할 말이 있는데."

"어, 뭔데? 말해."

"아린 씨, 혹시 아픈 데 있냐?"

"아픈 데? 그건 왜?"

"아니, 그냥. 혹시나 해서."

"없어. 건강해. 우리 둘 다 어린데 어디가 아프겠냐?"

"아… 그래? 그럼 다행이고."

그렇게 대화를 하고 있는 와중에 아린 씨가 도착했다.

"미안해. 내가 늦었지? 어… 안녕하세요."

"네, 안녕하세요."

오늘은 아린 씨가 눈을 마주치며 내게 인사했다. 어제보다는 부끄러움도 덜 타는 것 같고 한층 더 밝은 얼굴이었다.

두꺼운 가디건을 입고 환히 웃는 아린 씨는 맑디맑은 사람처럼 보였다. 그녀의 머리 위로 보이는 숫자 6만이 그녀와 어울리지 않았다.

규일이가 시계를 보며 말했다.
"이제 들어가자. 예약한 시간 다 됐어."
대답 대신 고개를 끄덕인 뒤 발걸음을 재촉했다. 우리는 곧장 문을 열고 안으로 들어갔다.

직원의 안내를 받아 2층에 마련된 방으로 이동했다. 의자에 앉을 새도 없이 직원이 규일이를 데려갔다. 규일이부터 옷을 입어보려는 것 같았다. 어색한 눈빛을 보냈지만, 그저 이 기회에 친해지라는 말만 남긴 채 규일이가 사라졌다.

"아… 그럼 앉아서 기다리죠."
"네….."

규일이가 떠나고 나와 아린 씨만 소파에 덩그러니 남게 되었다. 분명 어제보다는 덜 어색하긴 하지만, 그렇다고 편하다는 말은 아니었다.

규일이가 떠난 뒤로 마치 방 안의 공기가 두 배는 무거워진 것 같은 느낌이 들었다.

'어쩌지… 나보다 아린 씨가 더 불편할 텐데….'

그때 아린 씨의 머리 위로 초록색 숫자가 보였다. 6으로 바뀌어 있는 숫자가. 그 숫자를 눈에 담으니 이렇게 시간을 허비할 순 없다는 생각이 들었다.

"아린 씨, 결혼 축하해요. 행복하시겠어요."

내 목소리에 그녀가 입가에 살짝 미소를 머금었다.

"네, 행복하죠. 규일 오빠가 너무 잘해줘요."

"아린 씨가 잘하니까 규일이가 잘해주는 거겠죠."

그녀는 고개를 저으며 말했다.

"아니요. 저는 잘 못 해요. 오빠가 거의 다 맞춰주고 정말 잘해줘요. 뭐든지…."

"부럽네요. 근데 혹시 어디 아픈 곳 있나요?"

"저요? 아니요. 아픈 곳은 없는데. 왜요? 어디 아파 보이나요?"

"아니요. 그런 건 아니고, 그냥 혹시나 해서요."

"저는 건강해요. 결혼식이 2주밖에 안 남았는데 아플 수는 없죠."

"다행이네요…"

그녀의 들뜬 모습을 보니 마음이 더욱더 아파졌다.

직원과 함께 갔던 규일이가 턱시도를 입고 나왔다. 하얀 셔츠에 까만 재킷의 가장 기본적인 턱시도였지만 규일이의 깔끔한 이미지에 잘 어울린다고 생각했다.

"어때? 둘 다 잘 어울려?"

규일이의 물음에 나와 아린 씨가 고개를 끄덕였다.

"오빠, 너무 멋있다. 진짜 잘 어울려."

"진짜 잘 어울린다. 멋있다, 새신랑."

규일이는 부끄러운지 손을 들어 목덜미를 만지며 웃어 보였다.

"그럼 이걸로 할까?"

"응, 오빠. 진짜 잘 어울려. 이거로 하자."

규일이는 신이 난 듯 옷을 갈아입으러 들어갔다. 잠시 후 직원은 아린 씨를 데리고 드레스 룸으로 들어갔다. 규일이와 소파에 앉아 아린 씨를 기다리며 이야기했다.

"지웅아. 근데 아까 여자친구 아프냐는 건 왜 물어본 거야?"

"아니야. 그냥 결혼식 얼마 안 남았는데, 컨디션 안 좋을까 봐 물어본 거야. 환절기라 감기 잘 걸리잖아."

"그래? 아무튼 아린이 아픈 데 없어. 1년이나 우리 가게에서 일

할 때도 한 번도 아픈 적 없었어."

"그래, 다행이네. 그러면…."

규일이에게 차마 6일 후에 아린 씨가 죽는다고 말할 수 없었다. 이 숫자를 보는 능력으로 몇 명이나 떠나보냈지만, 사실대로 말하지 못하는 내가 더욱더 싫어질 뿐이다. 머리 위에 숫자를 띄우고 있는 사람에게 마지막으로 좋은 추억을 만들어 주는 것이 내가 할 일이고 시험이라 생각했었는데 이번만큼은 내가 어떻게 해야 할지 모르겠다는 생각에 머리가 복잡해졌다.

"신부 나갑니다."

그렇게 생각에 잠겨 있을 때 하얀 드레스를 입은 아린 씨가 등장했다. 새하얀 드레스를 입고 면사포를 쓴 아린 씨의 모습은 반짝반짝 빛이 났다. 드레스 치마 부분에 작은 구슬들이 달려 있었는데 작고 귀여운 느낌의 아린 씨와 잘 어울리는 드레스였다. 고개를 돌려 규일이를 바라보았다. 그는 웃고 있었지만, 눈에는 아주 약간 눈물이 고여 있었다. 슬픔의 눈물이 아니라, 기쁨의 눈물인 걸 알지만 나는 그의 눈물이 미래에 닥쳐올 슬픔을 암시하는 것만 같아 마음이 쓰라렸다.

규일이가 한참 동안 말없이 그녀를 바라보다 운을 뗐다.

"와…. 진짜 예쁘다. 정말 천사 같아."

그녀는 고개를 살짝 숙여 입가에 미소를 띠었다. 옆에서 본 그 둘은 너무 아름다웠다. 서로를 바라보는 두 눈에서 진심 어린 사랑의 기운이 뿜어져 나왔다. 그렇게 둘은 한참 동안 아무 말 없이 서로를 바라보았다. 내가 봐도 드레스를 입은 그녀는 정말 아름다웠다. 세상에서 단 한 번 신부가 되어 주인공이 되는 날. 가족과 지인 그리고 사랑하는 사람에게 이 아름다운 모습을 보여줄 수 있는 그날…. 슬프게도 그녀는 그날 함께 할 수 없을 것이다.

오늘은 정말 슬픈 날이다.

손톱이 부러져 속살이 나와도 이렇게 아프진 않을 텐데 6일 후에 아린 씨는 내가 아픈 것보다 더 아프게 될 텐데… 아니 어쩌면 규일이가 가장 많이 아프게 될까. 드레스 피팅을 마친 후 문 앞에서 인사를 하려는데 아린 씨가 나에게 말했다.

"같이 저녁 먹고 가세요."

둘의 시간이 얼마 남지 않았는데 시간을 뺏을 수는 없었다.

"아, 그게 저…"

그러나 내 말이 끝나기도 전에 규일이가 말했다.

"같이 먹자. 몇 년 만인데 어제도 금방 갔잖아. 밥 먹으면서 얘기 좀 하자."

그렇게 거절하지 못한 채 규일이에게 이끌려 함께 식사 자리로 이동했다. 메뉴는 삼겹살. 규일이가 한국에 오면 그렇게 먹고 싶었던 음식이라 했다. 저녁 시간이어서 그런지 가게에 사람이 많았다. 다행히 구석에 자리가 한군데 남아있었다. 비록 좁긴 했지만.

"그냥 둘이 먹지, 편하게…"

"아니에요. 오늘 같이 옷 고르러 가주셨는데 고생하셨으니까 이건 제가 살게요."

아린 씨가 웃으며 구석 자리로 향했다.

"아니. 별로 한 것도 없는데 무슨…"

"아냐, 같이 가준 게 어디야. 고마워서 그래. 오랜만에 얘기도 하고 좋잖아."

규일이가 나를 잡아끌며 구석 자리로 이동했다. 자리에 앉자마자 주문한 뒤, 규일이가 젓가락과 숟가락을 놓으며 말했다.

"그러고 보니 물어보지도 못했네. 뭐하고 지냈어?"

"뭐···. 그냥 대학교 졸업하고 구두 매장에서 잠깐 일하다가 얼마 전에 퇴사했어."

"아, 그래? 그럼 쉬고 있는 거야?"

"응. 요새 갑자기 개인적인 일이 좀 많아서 쉬려고."

그때 주문한 삼겹살이 나왔다. 규일이가 고기를 불판 위에 올려놓고 집게를 내려놓았다.

"아, 맞다. 그거 지금 줘."

규일이의 목소리에 아린 씨가 옆에 내려놓았던 가방 속에서 작은 종이봉투를 꺼냈다.

"지웅 오빠, 이거 받으세요."

봉투를 건네받아 열어보았다. 하얀 봉투 속에는 청첩장이 들어있었다.

"어, 이건···"

"청첩장도 안 주고 결혼식에 초대할 수는 없지. 한 번 봐봐."

규일이가 고기를 뒤집으며 밝게 웃어 보였다.

그렇게 난 청첩장을 천천히 읽어보았다. 서울에 있는 성당에서 오전 11시에 결혼식을 올린다는 글과 행복한 결혼식에 초대한다는 문구가 적혀있었다. 청첩장을 보며 입은 웃고 있었지만,

마음속으론 눈물을 흘리고 있었다.

난 거짓말을 할 수밖에 없었다.

"꼭 갈게, 축하한다."
"응, 꼭 와. 이제 먹자."
어느새 고기가 먹음직스럽게 익어 있었다. 불판에 있는 고기를 집어 각자 먹기 시작했다. 그렇게 말없이 고기를 먹던 중 규일이가 아린 씨를 보며 말했다.

"나 오랜만에 친구 만났는데 술 한잔해도 돼?"
"야야, 아니야. 뭔 술이야. 아린 씨 챙겨야지."
손을 흔들며 거절하는 와중에 아린 씨의 목소리가 비집고 들어왔다.

"아니에요, 괜찮아요. 오늘만 봐줄게. 조금만 먹어 대신."
그녀가 나와 규일이를 번갈아 보며 말했다.

"고마워. 진짜 조금만 먹을게. 이모, 여기 소주 하나요."
주문한 술이 나오고 규일이가 잔을 따라주었다. 술을 건네받아 규일이에게도 한 잔 따라주었다. 그렇게 태어나 처음으로 규일이와 술을 마셨다. 얼마쯤 시간이 흘렀을까. 규일이가 나에게 조심스럽게 말을 건넸다.

"지웅아, 나 부탁이 하나 있는데…"
"어, 뭔데?"
"저기 혹시 우리 결혼식 때 사회 봐줄 수 있어?"
놀란 마음에 규일이를 바라보며 말했다.

"사회? 내가? 2주 정도밖에 안 남았는데…"
올릴 수 없는 결혼식이란 걸 아는 나는 거절을 해야 할지, 해준다고 약속해야 할지 고민에 빠졌다.
"편하게 생각해. 그냥 소소하게 하는 결혼식이니까, 어렵게 생각하지 말고. 나 한국에 친구 너밖에 없는 거 알잖아."

나는 채워진 술잔을 들어 한입에 털어 넣고는 대답했다.

"알겠어, 해줄게."
"고마워, 지웅아."

우리는 그렇게 술잔을 비웠다.

그렇게 우린 한참이나 더 고기를 먹으며 이야기를 나눴다. 예전 추억거리를 안주 삼아 술잔을 비워갔다. 꽤 오랜 시간이 지난 후에야 우린 자리를 정리하고 가게에서 나올 수 있었다.

"제수씨, 잘 먹었습니다."

나도 모르게 제수씨란 말이 나왔다.

"네, 아니에요. 별말씀을."
"지웅아, 오늘 고맙다. 결혼식 날 보자."
규일이에게 다가가 귀에다 대고 말했다.

"규일아, 앞으로 일주일 동안 매일 같이 있어 줘. 제수씨랑 잠시라도 떨어지지 말고. 너 안 그러면 후회할 거야. 내 말 꼭 명심해. 매일 같이 있어 주고 지금보다 더 잘해줘. 진짜 명심해야 된다."
그렇게 취기를 빌려 규일이에게 이야기를 한 뒤, 비틀거리는 몸을 애써 부여잡으며 집으로 향했다.

***

5일 후, 규일이에게 전화가 왔다.

"여보세요."

"지웅아."

"어. 그래 웬일이야."

"웬일은, 그냥 전화했지."

"그래? 어딘데?"

"우리 여행 가고 있어."

"여행? 제수씨랑? 어디로?"

"강화도로 둘이 시간 보내고 오려고. 결혼 준비하느라 바빠서 데이트도 제대로 못 했네."

"그래, 잘 다녀와. 좋은 시간 보내고 잘해줘. 후회하지 말고."

"알겠어. 다녀와서 전화할게. 쉬어라."

"응."

전화를 끊고 생각했다. '내일이면 이제 아린 씨는 죽는구나.' 이번에는 정말 내가 해줄 수 있는 게 없을 것만 같았다.

"이렇게 그냥 끝내도 될까."

184

나는 최선을 다한 것일까? 분명 더 할 수 있는 일이 있지 않을까.

언제나 귀찮은 일에 나서지 않고, 그저 모든 일이 흐지부지되는 것만 바라며 살아온 삶이었다. 하지만 이제는 달라져야 한다. 아니, 달라지려 한다.

다시 살아난 이유는 기덕이었지만, 어느새 마음속에 조금은 이상한 마음이 자리 잡았다.

'그들의 마지막이 나와 같지 않기를….'

너무도 많은 사람을 잃었다.
모르는 사람. 처음 보는 사람. 소중한 사람.

이제는 내 친구의 가장 소중한 사람이 죽음을 맞이하려 한다.

특별하다고 생각하지 않는다. 난 영화 속 히어로가 아니니까. 누군가의 목숨을 구해주는 것도 아니고, 누군가의 인생을 바꿀 수 있는 힘도 없으니까.

하지만 적어도.

"나민이 할 수 있는 일이 있으니까."

휴대폰을 들어 규일이에게 전화를 걸었다.

아직도 이 힘을 제대로 파악하지 못했지만, 한 가지 분명 달라진 것이 있으니까.
'더 이상 생각 없이 하루하루를 보내던 그때의 내가 아니야. 내 손으로 삶을 포기했지만, 옥황상제를 만나고, 기덕이를 보내준 그때부터. 사람들의 죽음을 보게 된 그때부터 매일 마주하는 오늘이… 이 오늘이 소중하다는 걸 깨달았으니까.'

수화기 너머 신호가 끊기고 목소리가 들려왔다.

결심한 듯 눈을 크게 뜨며 말했다.

"규일아, 장난 아니니까 잘 들어. 아린 씨… 내일 죽게 될 거야. 그러니까 오늘이 마지막이니까… 마지막이니까…."

결심은 했지만, 역시 슬픔은 적응이 되는 것 같지 않다. 어째서 내 감정이 더 격해지는지, 떨리는 입술을 간신히 깨물어 슬픔이 흘러나오지 못하게 했다.

[고마워요.]

번개에 맞은 듯 순식간에 온몸에 소름이 돋으며 전율이 일어
났다.

"잠깐… 이 목소리는…."

규일이의 목소리가 아니었다.

내 의사와는 상관없이 수화기 너머에서 마지막 말이 흘러나온
후 통화가 끊어졌다.

[걱정 마세요. 안 그래도 우리는 오늘을 가장 행복한 마지막
날로 정했으니까요.]

뚜뚜-

마지막 말의 의미는 조금 시간이 지난 후 알게 되었다. 그날
저녁 전화 한 통이 왔다. 전화를 끊고 그 길로 병원으로 향했다.
규일이의 휴대폰 속 가장 최근 통화한 사람이 나여서 나에게 전
화를 걸었다고 한다. 병원에 도착해 중환자실로 뛰어가 규일이

와 아린 씨를 찾았다.

중환자실은 지옥과 같은 풍경이었다. 바닥에는 피가 흥건했고 고통을 호소하는 사람들과 비명을 지르는 사람들이 있었다. 그렇게 환자들을 지나쳐 아린 씨의 모습이 보였다. 가까이 다가가 아린 씨의 앞에 있던 의사에게 말했다.

"의사 선생님, 이 여자 괜찮은 거예요? 왜 이런 거예요?"

"이아린 씨 보호자 되십니까? 머리에 상당한 충격을 받아서 뇌사상태에 빠졌어요. 아마… 다시는 일어날 수 없을 겁니다. 우선 2주 정도는 이곳에서 지켜볼 겁니다."

너무나도 차분한 의사의 모습에 나도 모르게 분노의 감정이 치밀었지만 이렇게 담담히 말할 수 있을 때까지 그가 겪었을 지난날들을 생각하니 소리를 칠 수 없었다.

이미 알고 있던 사실이었다. 하지만 아린 씨가 내일 죽는다고 생각하니 감당하기 힘든 슬픔이 밀려왔다. 뇌사상태는 죽음과 비슷했다. 이렇게 있다 내일 죽는 건가. 불현듯 규일이가 생각나 의사를 붙잡고 다급하게 물었다.

"이 사람이랑 같이 있던 남자는 어디 있습니까?"

잠시 생각에 잠기던 의사가 내게 말을 이었다.

"환자의 소지품입니다. 손에 꼭 쥐고 있더군요."

의사가 편지를 건네주었다.

봉투를 열어 본 나는 그 자리에 주저앉아 하염없이 눈물만 흘릴 수밖에 없었다. 그렇게 다음날이 되었고, 규일이와 아린 씨는 수술실로 들어갈 준비를 했다. 그녀의 머리 위로 보이는 숫자. 이제는 시간을 가리키고 있었다.

00:30:01.
규일이를 바라보았다. 눈에서 눈물이 나왔지만, 입가에는 나도 모르게 미소가 지어졌다.

"운명이 꼭 정해져 있는 것만은 아닌가 보네."

오늘은 둘에게 모두 환상을 보여줘야 한다고 생각했다. 수술실 바로 앞에서 둘의 몸에 손을 가져다 댔다.

"이것이 내가 주는 마지막 선물이다."

***

눈물의 결혼식

시끄럽다. 소리가 들린다. 사람들의 박수 소리와 함성. 그리고 아름다운 음악.

'이 노래는 결혼식 때 들리는 행진곡 같은데…'

눈이 떠졌다.

내 눈앞에는 다시는 볼 수 없을 것 같던 그녀가 새하얀 드레스를 입고 서 있었다.

"오빠, 눈 떴어?"

"어 뭐지? 아린아…. 우리 죽은 건가?"

"그런가 봐. 천국인 거 같아. 그런데 오빠… 이거 우리 결혼식

인가 봐."

아린이의 얼굴에서 시선을 옮겼다. 밝은 조명. 길게 늘어진 하
얀 카펫. 결혼식의 화촉과 축하를 위해 자리한 많은 사람이 보
였다.

그리고 가장 시선을 잡아끄는 것은 역시… 드레스와 턱시도.

나와 아린이는 지웅이와 함께 골랐던 턱시도와 드레스를 입
고 있었다.

"응, 그래. 결혼식 올릴 수 있게 되었네. 미안해, 아린아."
"아니야. 우리 이렇게라도 결혼식 올릴 수 있게 돼서 다행이
다, 오빠."
"그러게, 근데 아린아, 미안해…"
"아니야, 오빠. 미안하단 말 하지 마. 나는 지금 너무 행복해.
결혼식 올릴 수 있게 되어서. 우리 아무 말 하지 말고 결혼식 올
리자. 내 소원이었잖아."

이미 둘 다 화장이 지워질 정도로 눈물범벅이 되어 있었지만,
그런 것들은 신경 쓰지 않았다. 그저 집중했다. 꿈같은 지금을.

머리로는 이해되지 않았지만. 천신인지 꿈인지도 모를 지금에 몸을 맡겼다. 언제나 바라던 미래였으니까.

"그래. 입장하자."

그렇게 걸었다. 많은 사람의 축복 속에서 우리가 그토록 올리고 싶었던 결혼식을 올리게 되었다. 그녀가 결혼식을 하고 싶다던 성당에서 많은 사람의 성대한 환호를 받으며. 우리는 서로의 손을 꼭 잡고 버진로드를 걸었다.

주례자가 성혼선언문을 낭독했다.

"신랑 김규일 군은 신부 이아린 양을 아내로 맞아 기쁠 때나 슬플 때나 마음 변치 않고 평생을 함께할 것을 맹세합니까?"

고개만 살짝 돌려 아린이를 바라보았다.

"네."

내 목소리에 아린이의 눈이 반달 모양이 되었다. 기쁨의 표정이 아닌, 부끄러울 때 지어지는 눈웃음이었다.

"신부 이아린 양은 김규일 군을 남편으로 맞아 비가 오나 눈이 오나 마음 변치 않고 평생을 함께할 것을 맹세합니까?"

"네!"
나보다도 더 큰 아린이의 목소리에 입가에 미소가 번졌다.

"신랑 김규일 군과 신부 이아린 양은 부모의 정성과 가르침을 받고 훌륭하게 자라 지금 이 자리에 서게 되었습니다. 이제 둘은 부부가 되어 그 일가친척과 친지를 모신 이 자리에서 지금과 같이 일생동안 고락을 함께할 부부가 되기를 굳게 맹세하였습니다. 이에 두 사람이 성스러운 부부가 되었음을 엄숙하게 선언합니다."

주례사가 끝나고, 축가가 이어졌다. 그 뒤로 양가 부모님께 인사하는 시간이 주어졌다. 부모님이 미웠지만, 그래도 마지막이란 걸 알기에 인사를 했다.

인사를 마치고 퇴장하려던 찰나, 사회를 보던 이의 목소리가 들렸다.

"퇴장하기 전 마지막으로 신랑이 신부에게 그동안 말하지 못

했던 마음과 앞으로 펼쳐질 결혼 생활의 다짐들을 들어보는 시간을 갖겠습니다."

익숙한 목소리가 들렸다. 몽롱한 정신을 단숨에 깨우는 목소리.
고개를 돌려 사회자가 있는 곳을 바라보았다. 그곳에는 지웅이가 서 있었다.

"지웅아… 네가 왜 여기에?"
"약속했잖아. 사회 봐주기로."
짧은 그 한마디에 식 내내 간신히 참아 왔던 눈물이 왈칵 터지고 말았다.

"다 알았을 텐데… 이 결혼식도 네가 만들어 준 거냐?"

지웅이는 대답 대신 작게 미소 지으며 마이크에 대고 크게 말했다.

"신랑, 시간이 얼마 없습니다. 신부에게 말하세요."

그래. 예전부터 이런 녀석이었으니까. 이래서 내가 마지막으로 널 보러 이곳까지 왔으니까. 날숨으로 눈물을 날려 버리고 고개를 돌렸다. 세상에서 가장 아름다운 그녀. 결혼식을 누구보다 올리고 싶던 그녀. 주인공으로 만들어 주고 싶었던 그녀.

아린이의 모습이 시야를 가득 채웠다.

"아린아, 우선 나 같은 놈 선택해줘서 너무 고마워. 세상에서 가장 행복하게 해주고 싶었는데, 남들처럼 평범하게 살면서 너랑 평생 살고 싶었는데… 너무 미안해, 아린아. 너와 처음 만났던 그날을 아직도 기억해. 너는 나를 아주 싫어했지만, 난 첫눈에 네게 반해버렸어. 그때부터 난 너를 좋아하고 있었던 거야. 그리고 처음으로 네가 나에게 말 걸던 날, 너무도 행복해서 잠을 잘 수가 없었어. 비록 처음 마주한 우리 인연은 아름답지 않았지만, 지금은 정말 내 목숨보다 네가 더 소중해. 나에게 사랑을 알려줘서 고마워."

그동안 그렇게 말하고 싶었던 진심이, 처음으로 아린이에게 전해졌다. 아린이의 눈을 보며 할 수 없었던 그 말들이 마지막이라고 생각하니 술술 나왔다.

"다시 한번 말하지만 내 목숨보다 네가 더 소중해. 우리 다음 생에서는 꼭 진짜 결혼하자. 내가 또 찾아갈게. 백 년이 지나도 천 년이 지나도 네기 없는 세상에 태어난다면 다음 생, 그다음 생까지도 너를 기다릴게. 언제라도 내가 먼저 알아볼게. 그러니까 다음 생에는 우리 꼭 결혼하자. 아린아."

"응, 기다릴게."

00:00:02

00:00:01

00:00:00

삐-

수술이 끝났다.

편지

지웅이에게.

지웅아. 어디서부터 말을 꺼내야 할지 모르겠다. 이 편지를 네가 받았을 쯤이면 나와 아린이는 이 세상 사람이 아니겠지. 그래도 이렇게라도 너한테 말은 해줘야 할 것 같아서 편지 보낸다.

우리는 사실 결혼 허락 같은 거 받지 않았어. 너한테 준 청첩장…
세상에 단 하나뿐인 청첩장이야. 네가 우리 결혼식의 사회자이
자 단 한 명의 하객이었거든.

너도 몰랐겠지만 나 사실 심장에 병이 있어서 고등학교 때 가
족 모두 이민 갔었어. 우리 부모님 나 살리겠다고 몇 년 동안 모
든 방법을 다했지만, 너도 알다시피 남의 심장을 얻는 게 쉬운 일
이 아니잖아. 기증자도 턱없이 부족하고.

그래서 우리 부모님은 조금 나쁜 방법을 택했어. 가족이 없는
고아 중 한 명을 입양해서 나에게 심장을 기증하게 하려고 했어.
그렇게 만나게 된 사람이 지금의 내 여자친구 아린이야. 우리 부
모님 나쁘지…. 친자식 구하겠다고 다른 사람을 이용하고. 나도
부모님이 미웠지만, 한편으론 살 수 있을 거라는 기대감이 생기
기도 하더라. 그런데 처음 우리 집으로 아린이가 오던 날 나는
기대감을 모두 없애기로 했어. 아린이는 한눈에 봐도 너무 착하
고 아름다웠거든.

그렇게 시간이 지나 여기에 쓰지 못할 정도로 많은 일이 우리
를 가까워지게 했어. 그렇게 우리는 사랑에 빠졌지. 그러다 얼마
전 내 심장이 더는 버티지 못하는 걸 알게 된 우리는 집에서 도망
나와 한국에 왔어. 마지막으로 둘만의 시간을 보내려고.

그런데 한국에 오니까 네가 보고 싶더라고. 마지막이란 건 알고 있던 나는 너의 번호를 알아봤어. 그리고 연락을 하게 됐지. 마지막으로 네게 내가 사랑하는 사람을 보여주려고. 마지막으로 내 친구의 얼굴을 보려고.

미안하다. 우리 결혼식 올리지 않기로 했어. 그냥 둘의 결정이야. 서로의 결혼식 의상 입어본 것만으로 만족할래. 그리고 무리한 부탁해서 미안하다. 사회 안 봐줘도 돼. 나쁜 결정을 하게 되어서 미안하다, 지웅아. 우리 둘 중 하나가 없는 세상은 살아갈 수 없을 것 같아. 다음 생에는 꼭 우리 결혼할 수 있게 기도해주라.

마지막으로 지웅아.
네가 병원에 도착하면 이 편지 뒤에 있는 종이를 꼭 병원에 내줘. 부탁이다.

나와 아린이가 합의해서 작성한 거야.

우리들의 장기를 모두 기증할 수 있게 도와줘.

친구 김규일.

〈죄〉

죄
붉은색 7

죄는 미워하되 사람은 미워하지 말라.

12월 25일. 한국에서는 이날을 크리스마스라고 부른다. 예수님의 탄생일이다. 거리에는 아기 예수의 탄생을 축하하는 노래가 울려 퍼진다. 25일의 의미를 모두 알고는 있지만, 실제로 예수의 탄생을 축하하는 이는 교회를 다니는 사람들 정도일 것이다. 보통은 산타클로스에게 선물 받는 날로 더 많이 알려져 있다. 내 나이 스물일곱. 산타클로스가 없다는 걸 알고는 있지만, 크리스마스는 모든 어린이에게 아니, 어른들에게도 선물이 필요한 날이다.

오늘은 가장 길었던 7일의 크리스마스에 대해 이야기하려 한다.

크리스마스가 7일 정도 남았을 무렵. 그러니까, 옥황상제가 준 49일의 시간 중 2주 정도가 남았을 무렵에 난 그를 처음 보았다. 그는 지난달에 우리 동네에 새로 생긴 치킨집 사장이었다.

역에서 집으로 가는 길 중간에 생긴 조그만 치킨집. 주황색 간판에 앞문 전체가 유리로 되어 안이 다 보이는 치킨집이었다. 테이블이 5개 밖에 없는 아주 작은 규모였지만 인기는 많았다.

추운 겨울. 이 길을 지나는 사람들은 치킨집에서 뿜어져 나오는 치킨 특유의 고소한 냄새에 이끌려 하나둘 문을 열고 가게 안으로 들어갔다. 나도 예외는 아니었다. 그 냄새에 이끌려 치킨집 문을 열었다. 문을 열고 안으로 들어가니 더욱 진한 향기가 코를 자극했다. 그리고 들리는 인사 소리.

"어서 오세요."

소리가 나는 곳을 바라보았다. 그곳에는 180cm 정도의 키에 몸집이 아주 큰 남자가 서 있었다. 선한 인상의 그는 웃으며 나를 반겨주었다. 고개를 천천히 내려 그의 몸 쪽을 보았다.

밝은 미소와는 다르게 그의 옷깃 사이로 보이는 문신이 눈에 들어왔다. 남자는 반팔 티를 입고 있었는데 양쪽 팔에는 용으로 보이는 문신이 그려져 있었다. 시대가 변해서 문신에 대한 사람들의 인식이 많이 좋아졌다고는 해도 아직까지 한국은 아니, 나는 좀 거리낌이 있었다.

"……"

목소리 대신 가볍게 눈인사를 하며 가게 안쪽으로 걸어 들어갔다. 테이블은 다섯 개 모두 가득 차 있었다. 하는 수 없이 치킨을 포장하려고 그에게 다가가 말을 걸었다.

"후라이드 치킨 한 마리랑 생맥주 1,000cc만 포장해 주세요."

"네, 손님. 10분만 기다려 주십시오."

거칠고 굵은 목소리, 하지만 그 속에 상냥함이 섞인 희한한 말투였다. 나는 가게 한쪽에 있는 간이 의자에 앉아 치킨을 기다렸다. 천천히 가게 안을 둘러보던 중 벽면에 붙어있는 재미있는 글귀가 눈에 들어왔다.

사장님은 물지 않아요.
사장님은 겁이 많아요.
문신은 조금씩 지우고 있습니다. 양해 부탁드려요.

분명 그도 자신이 사람들에게 친숙하게 보이지 않는다는 걸 알고 이런 재미있는 글귀를 붙인 것 같았다. 글귀를 보니 이래저래 노력을 많이 하는 사람인 듯싶었다. 글귀를 본 이후 문신 때문에 그를 안 좋게 생각했던 내가 얼마나 일차원적인 사람인가

하는 생각에 부끄러운 마음이 들었다. 그렇게 가게 안을 둘러보다 보니 벌써 10분이 지났고 드디어 나를 부르는 소리가 들렸다.

"손님. 후라이드 한 마리, 생맥주 포장 다 됐습니다."
나는 자리에서 일어나 카운터로 가 그에게 카드를 건넸다.
"네, 만 오천 원입니다. 서명해주세요."

서명을 하고 카드를 받아 지갑에 넣으며 그로부터 치킨을 건네받았다. 그리고 그의 얼굴로 시선을 옮겼다.

"어⋯."

사장의 머리 위로 숫자가 보였다.
하지만 지금까지 와는 다른 붉은 숫자가 떠 있었다. 붉은색 숫자 7이.

나는 봉투를 손에 쥔 채 그대로 멈춰있었다.
"손님, 무슨 문제라도 있으신가요?"
나는 정신을 차리며 대답했다.
"아니요. 아닙니다."
"또 오세요."

그렇게 인사를 하고 가게를 나왔다.

지금까지는 보지 못했던 붉은색 숫자에 마음이 쓰였다. 그렇게 나는 가게 앞에서 좀처럼 자리를 뜨지 못했다.

***

다음 날, 어제 보았던 숫자가 마음에 걸려 점심쯤 다시 치킨집을 찾았다. 하지만 치킨집 문은 굳게 닫혀 있었다. 유리로 된 문으로 안을 들여다보았지만, 어두워서 잘 보이지 않았다. 이제는 진짜 겨울이 온 듯 바람이 매섭게 손등 위로 불어왔다. 주머니에 손을 넣어 봤지만, 차가운 바람에 얼어버린 얼굴은 어찌할 방도가 없었다.

붉은 숫자가 마음에 걸려 이곳에 다시 와봤지만, 문은 닫혀 있고 그는 없었다. 이 추운 날씨에 여기서 무작정 기다릴 수 없어 다시 발길을 돌렸다.

그렇게 매서운 겨울바람을 가르며 집으로 향했다. '도대체 붉

은 숫자는 뭘 의미하는 거지? 사장은 언제 다시 돌아오는 걸까?'
잡다한 생각이 꼬리를 물어 깊어질 때쯤 집 앞에 도착했다. 잠겨
있는 아파트 현관문을 열고 집 안으로 들어가려는데 갑자기 앞
이 어두워졌다.

정신을 차려 앞을 보니 사람이 눈앞에 있었다. 부딪힐 뻔했지
만, 안쪽에 있던 사람이 나를 본 건지 그대로 멈춰있어서 다행히
부딪히지 않았다. 나는 고개를 숙였다 올리며 내 앞에 있던 사람
의 얼굴을 확인했다.
"어….."
앞에 있는 사람은 다름 아닌 어제 보았던 치킨집 사장이었다.
말을 건넬 새도 없이 그는 나를 보며 괜찮다는 말만 남긴 채 매
서운 바람을 가르며 걸어갔다. 그는 나와 같은 아파트에 사는 것
같았다.

'이게 아니지.'
정신을 차리고 멀리서 사장이 가는 길을 따라가 보았다.

'내가 왜 지금 미행 아닌 미행을 하고 있는 거지.'

나는 이제 익숙하지만 그에게 다짜고짜 내가 알고 있는 것에

대해 이야기할 순 없었다. 처음 본 사람에게 당신 6일 뒤에 죽는데, 지금까지와 달리 머리 위에 있는 숫자가 초록색이 아닌 붉은색이라고, 왜 그런지는 나도 모른다고 말할 수 없었다. 우선은 그저 그의 뒤를 따라가 보는 것이 최선이었다.

발걸음을 재촉해 최대한 가까이 따라붙었다. 미행하는 것을 들키지는 않게 어느 정도의 거리는 지켜가면서. 치킨집 사장은 바로 가게에 가지 않고 동네에 있는 작은 마트에 들렀다. 나 역시 그를 따라 마트 안으로 들어갔다. 그는 당근과 파, 감자 등 야채들을 바구니에 담았다. 그리고는 고기 파는 곳으로 가 생닭을 샀다. 그것도 아주 많이. 한 열 마리 정도는 산 것 같았다. 그리고는 계산대로 가 계산을 했다. 나는 그 모습을 지켜보며 그가 치킨집을 하니 통닭 재료를 구입하는 것이라고 생각했다. 그렇게 진열장 뒤에 숨어 치킨집 사장을 지켜보고 있던 그때. 누군가의 목소리가 등 뒤에서 들렸다.

"지웅이 아니니?"

익숙한 목소리에 고개만 살짝 돌렸다.
마트의 직원 조끼를 입고 있는 아주머니가 눈에 들어왔다.

"아… 안녕하세요."

내 인사 때문인지 나보다 더 당황한 표정을 보이는 아주머니였다.

나는 이 아주머니를 알고 있다. 아니, 아주 잘 알고 있다고 하는 게 맞겠지. 돌아가신 어머니의 직장 동료셨으니까. 집에도 자주 놀러 올 정도로.

그리고

부모님의 제삿날. 그러니까 내가 자살한 그날에도 난 이 아주머니를 만났었으니까. 부모님의 제사상을 차리기 위해 장을 볼 때도 이곳에 왔었다. 무언가 말을 하려고 하는지 입술만 달싹이던 그녀였다. 하지만, 나에게는 더 중요한 일이 있었다. 이미 치킨집 사장이 계산을 마치고 마트의 문을 열고 나가고 있었다.

"아줌마. 죄송해요. 제가 지금 바빠서. 나중에… 나중에 다시 올게요. 건강하세요."

고개를 숙이고 빠르게 그곳을 벗어났다.

아주 잠깐이었지만, 아주머니를 지나치는 그 순간 나는 분명 그녀가 미소 짓고 있는 것을 보았다. 그녀가 왜 그런 표정을 짓고 있는 것인지 지금의 나는 모른다. 그러나 조만간 알 수 있을 것이란 예감도 들었다.

그녀를 지나쳐 마트 밖으로 걸어갈 때 분명 작게 말하는 소리를 들었으니까.

"바뀌었네. 다행히도."

목소리를 뒤로한 채 마트 밖으로 나가니 양손 가득 봉지를 들고 있는 치킨집 사장의 뒷모습이 보였다.

나는 들키지 않게 그의 뒤를 미행했다. 그는 가게 쪽으로 걸었다.

'역시 가게 재료들을 사러 왔구나.'

얼마나 걸었을까. 가게가 보이자 나는 그가 치킨집으로 들어갈 것이라 확신했지만, 왜인지 그는 가게를 그냥 지나쳤다.

"뭐지?"

그는 가게를 지나 한참을 걸었다. 여전히 날이 추웠다. 두 볼은 이미 꽁꽁 얼어붙어 얼얼해졌고 손에는 아무런 감각이 느껴지지 않았다. 춥고 지치고 힘이 들어 미행을 그만둘까도 생각했지만, 지금까지 따라온 게 아까워 참기로 했다. 그가 어디로 향하는지 궁금했지만, 물어볼 수도 없는 노릇이었다. 그저 묵묵히 그의 뒤를 따르길 20분 정도의 시간이 흘렀을까. 드디어 그가 멈춰 섰다.

그의 발걸음이 멈춘 곳에는 마당이 넓은 이층집이 있었다. 오래되었는지, 색이 바랜 벽돌이 가장 먼저 시선을 잡아끄는 그런 건물.

집 대문으로 그가 들어갔다. 그가 완전히 들어가고 나서야 나는 입구로 몸을 옮길 수 있었다.

대문 옆 벽에는 나무로 된 문패가 걸려있었고, 문패에는 '서울보육원'이란 글자가 적혀있었다. 그가 집 안으로 들어가는 걸 확인한 후 나도 들키지 않게 대문 안으로 들어갔다. 마당을 걸어 현관문 바로 앞까지 왔지만 차마 들어갈 용기가 나지 않았다. 그렇게 문밖에서 들어가길 망설이고 있을 때 창문으로 그의 모습이 보였다. 주방으로 보이는 곳에서 그는 누군가와 이야기를 나누고 있었다. 자세를 낮춰 창문 아래에 숨어 이야기를 몰래 들었다.

여자의 목소리가 들렸다.

"아이고, 사장님. 매번 감사드립니다."

"아닙니다. 제가 좋아서 하는걸요. 요즘에 가게 때문에 바빠서 자주 못 오니까요. 오늘은 아이들 저녁 만들어 주려고 닭을 좀 사 왔어요."

"감사합니다. 이렇게 착하신데 아직 결혼도 안 하시고…"

"결혼은 무슨요. 저처럼 무섭게 생긴 사람한테 누가 시집을 오겠습니까. 원장님."

애기를 듣다 보니 보육원 원장과의 대화 같았다. 그는 이곳에 자주 들러 보육원 아이들에게 식사를 마련했던 것 같았다.

안에서 여자의 목소리가 다시 들렸다.

"무섭다니요. 겉모습 가지고 사람을 판단하는 시대는 지났어요. 그리고 사장님처럼 이렇게 착한 사람이 또 어디 있겠습니까."

"아닙니다. 제가 뭘요. 저도 이 보육원에서 자랐는걸요. 아이들이 저처럼 되지 않게 잘 보살펴 주세요."

"사장님이 어때서요. 착실히 열심히 살고 계시고 이렇게 아이들에게 항상 잘해 주시는데요."

"아닙니다. 저는…"

잠시 대화가 들리지 않아 안을 들여다보고 싶었지만, 고개를 들면 바로 들켜 버리기에 기다리기로 했다. 영하의 날씨에 매서운 바람이 코끝을 무감각하게 할 때쯤 안에서 다시 소리가 들렸다.

"아니요. 사장님은 충분히 잘하고 계십니다. 그건 제가 보증해요. 매번 감사합니다."

"말씀만으로 감사합니다. 크리스마스에 아이들 선물 사서 오려고 해요. 여기 아이들도 다른 아이들처럼 크리스마스를 기대하고 있을 테니까요."

"고마워요, 사장님. 그럼 전 이만. 오늘 아이들 식사 맛있게 부탁드립니다."

"네, 들어가 계세요. 제가 얼른 만들어서 말씀드리겠습니다."

그렇게 대화가 끝나고 요리하는 소리가 들렸다.

딱!딱!딱!딱!

야채 써는 소리가 들렸다. 그렇게 자세를 낮춰 다시 대문으로 나왔다. 보육원 앞에 멈춰 서, 저 멀리 창문에 보이는 치킨집 사장을 바라보며 사장을 외모만 보고 판단했던 어제의 내 모습을 후회했다. 그의 머리 위에는 선홍빛의 숫자 6이 선명하게 빛나고 있었다.

***

다음 날 아침, 잠에서 깨자마자 빵집으로 향했다. 문을 열고 들어가니 출근 시간이 지나서인지 손님이 없었다.

"지웅이 왔구나. 요새 일 안 한다고 늦잠 자주 자네."

나를 알아보고 아주머니가 먼저 인사를 해주셨다.

아주머니가 파마를 다시 한 것 같았다. 꼬불꼬불. 누가 봐도 최근에 파마를 한 것처럼 보이는 머리였다. 하늘색 카디건을 입고 있었는데 분명 계절은 겨울이었지만 아주머니에게만큼은 봄이 온 것 같았다.

"안녕하세요. 그러니까요, 요 며칠 늦잠 자네요."

인사를 하고 버릇처럼 카스텔라가 있는 코너로 발길을 옮길 때였다. 나를 보며 지그시 미소 짓고 있는 아주머니가 보였다.

"변했네, 지웅이."

어제의 기억이 머릿속을 스쳤다. 치킨집 사장을 미행하다 만난 어머니의 직장 동료 아주머니가 떠올랐다. 어제도 분명 이 표정을 봤었다. 이 말도.

'내가 정말 무언가 바뀌기라도 한 건가….'

"흠흠."
부끄러움에 헛기침을 하고 발걸음을 옮겼다.

그렇다. 옥황상제를 만나고, 많은 사람의 죽음을 본 뒤로 나는 조금씩 변하고 있었다.

빠르게 빵과 우유를 들고 계산대로 돌아갔다.
"잘 가렴, 감기 조심하고."

"안녕히 계세요."

환하게 웃는 아주머니를 뒤로한 채 빵집을 나왔다.

여전히 매서운 칼바람이 불었다. 모자를 푹 눌러 쓴 채 아파트에 도착해 문을 열려고 하는데 바로 옆집에서 문이 열리는 소리가 났다. 고개를 돌려 옆을 보니 치킨집 사장이 문을 열고 나와 내게 인사를 했다.

"안녕하세요."
"아…. 네…. 안녕하세요."

짧은 미소를 남긴 채 그는 바로 나를 지나쳤다.

'요새도 옆집 사람을 보고 인사하는 사람이 있구나.'

생각하는 것도 잠시, 말이라도 걸어 볼 걸 후회가 밀려왔다. 그렇게 집으로 들어갔다. 그날 늦은 저녁, 여전히 사장의 머리 위에 떠 있는 붉은 숫자가 마음에 걸렸고, 결국 11시가 넘은 늦은 시간에 치킨집으로 향했다.

'이제 5일 남았구나. 그것보다 왜 숫자가 붉은색이지. 여태까

지는 모두 초록색이었는데…'

똑같은 생각을 수십 번 반복했다. 그렇게 정신을 차려 걸음을 멈춰 보니 벌써 치킨집 앞에 도착해있었다. 손목에 찬 시계를 보니 시간은 벌써 11시 반. 우선 무작정 치킨집으로 들어갔다.

가게에 들어가니 손님은 보이지 않았다. 사장만이 가게를 정리하고 있을 뿐.

"죄송합니다. 오늘 마감했습니다."

"아. 그… 그렇군요."

치킨을 사러 온 건 아니지만, 딱히 할 말이 없어 그냥 대답했다.

"죄송합니다. 원래 12시까지 영업인데 오늘 재료가 다 떨어져서요."

"아… 아쉽네요."

"다음에 오시면 제가 서비스 드릴게요."

"알겠습니다."

그렇게 대답하고 가게에서 나왔다. 하지만 집으로 가는 발걸음이 떨어지지 않았다. 가게 앞에서 움직이지 않고 서성이길 반복했다. 다행히 작년에 샀던 두꺼운 패딩을 입어 영하를 웃도는 날씨였지만 그렇게 춥다고 느끼지 못했다. 이러지도 저러지도 못한 채 문 앞에 얼마나 서 있었을까. 시계를 확인하려는 순간 뒤에서 목소리가 들렸다.

"어? 아직 안 가셨네요?"

목소리에 놀라 뒤를 돌아보니 치킨집 사장이 가게 정리를 마치고 나오고 있었다. 나는 무슨 대답을 해야 할지 몰라 멀뚱멀뚱 뒷머리만 만지고 있었다. 그러자 사장이 입을 열었다.

"옆집 사시는 분이시지요?"
"아. 네. 근데 그걸 어떻게…"
"오다가다 몇 번 봤습니다."

놀라지 않을 수 없었다. 나는 오늘이 돼서야 사장이 옆집에 산다는 걸 알았기 때문이었다.

'머리 위에 숫자가 보인 뒤로 사람들에게 신경을 쓰고 있다고 생각했는데….'

"어떻게 몇 번 보고 알아보셨나요?"
"장사하는 사람이 단골 만들려면 얼굴을 잘 외워야죠. 그리고 이사 온 지 한 달 정도 됐는데요. 꽤 많이 봤습니다."

"죄송합니다. 전 오늘 알게 됐습니다. 이웃인지…"

"아닙니다. 요새 세상이 흉흉해서 뭐 이웃이란 단어가 사라진 지 오래니까요…"

그렇게 아주 잠시 정적이 흘렀다. 차가운 공기를 얼마나 마셨을까, 잠시 후 그는 나에게 말했다.

"그럼 집 가는 길이시면 같이 걸을까요?"

"아… 네…."

그렇게 우리는 칼바람이 부는 밤거리를 말없이 걸었다. 무슨 말을 해야 할지 모르겠다. 보육원에 대해 얘기할까? 아니다, 그러면 미행한 게 들키고 말 것이다. 그렇게 한참을 대화할 거리를 찾기 위해 고민하다 고개를 살짝 돌려 그를 보았다.

그에게서 보이는 건 붉은색 숫자 4. 날짜가 변해 있었다. 아마 12시가 넘어서 그러는 것 같았다. 숫자 얘기를 할 수도 없는 노릇이라 더 답답하기만 했다. 고민 끝에 그에게 말을 건넸다.

"사장님 그 실례가 안 된다면… 그…"

내 시선이 멈춘 곳을 알아챈 그가 살짝 미소를 지었다.

"문신 말인가요?"

오히려 친숙하게 웃음 짓는 그를 보며 또 한 번 나 자신이 부끄러워졌다.

"아닙니다. 제가 실례되는 걸 물어본 거 같네요."

"아니에요. 뭐 이젠 익숙해요. 이건 어렸을 때 한 거예요. 고등학교 다닐 때니까, 18살 때인가. 잠깐 안 좋은 쪽으로 빠지게 돼서 한 건데 저도 지금은 후회하고 있어요."

"아니요. 뭐 이제 시대도 변했고 문신한다고 다 나쁜 사람도 아닌데요."

갑자기 고개를 숙이며 그가 낮은 목소리로 대답했다.

"아니요. 저는 나쁜 사람입니다."

"네?"

이내 자신도 놀랐는지 그는 나를 보며 당황한 듯한 말투로 말했다.

"아… 아닙니다. 아무것도."

그렇게 몇 마디 대화를 나누다 보니 벌써 집 앞에 도착했다. 현관문을 열며 그에게 말했다.

"얘기하다 보니 금방 왔네요."

"네, 추운 것도 몰랐어요."

각자의 문 앞에 서서 인사를 했다.

"그럼 조심히 들어가세요."

"네. 내일 치킨 드시러 오세요. 오늘 못 드셨잖아요. 저녁에 시간 되시면 가게 문 닫고 한잔하죠."

갑자기 훅 들어오는 그의 제안에 나는 애써 당황하지 않고 웃으며 대답했다.

"네, 그럼 내일 영업 끝나는 시간에 맞춰서 갈게요."

"네, 편히 쉬시고 내일 봬요."

"네. 쉬세요."

그렇게 우리는 각자의 집으로 들어갔다.

간단히 씻고 침대에 누워 생각했다. 남은 시간은 4일. 이렇게 된 거 내일 술 마시면서 많은 대화를 해봐야겠다고.

***

눈을 떠보니 아무것도 보이지 않았다. 주위가 온통 어두워 눈을 뜬 것인지 감은 것인지 알 수 없었다. 어디선가 익숙한 목소리가 들렸다.

"가까이 가지 말게."

목소리가 나는 쪽으로 고개를 돌렸다. 그곳에는 황금색 의자에 앉은 노인이 있었다. 그는 내가 몇 번 만났던 인물이었다.

"옥황상제님…"

그는 나를 바라보며 말했다.

"그 사람을 가까이하지 말게. 아직 자네가 감당할 수 있는 사람이 아니야."

"그 사람이라면 붉은색 숫자를 가진 사람인가요? 지금까지 다들 초록색 숫자였는데 왜 그는 붉은색 숫자인 거죠? 옥황상제님은 알고 계시죠? 알고 계신다면 알려주세요."

"이건… 무언가 착오가 있었던 것 같네. 시간을 더 주고 다른 이와 연결해줄 테니 더 이상 그 사람에게 관여하지 말게."

"왜죠?"

나의 물음에 답을 해주지 않은 채 옥황상제는 다시 자취를 감췄다.

침대 위에서 눈을 떴다. 매일 보는 천장 커튼 사이로 들어오는 따스한 햇볕이 비쳤다. 아침이었다. 꿈이지만 꿈이 아닌 옥황상제와의 대화가 신경 쓰였다.

'관여하지 말라니… 49일 동안 기회라고 준 게 누군데….'

그날 밤. 늦은 시간, 나는 집을 나설 준비를 했다. 치킨집에서 한잔하자는 사장과의 약속 때문이었다. 추리닝에 슬리퍼를 신고 집을 나섰다. 밖으로 나온 지 얼마 되지 않아 슬리퍼 신은 걸 후회했지만 집으로 다시 들어가기 귀찮아 그대로 발길을 옮겼다. 아무것도 보이지 않는 어둠 속 주황색 가로등만이 골목을 밝혔다. 그렇게 어두운 골목들을 지나 치킨집 앞에 도착했다. 가게 안엔 마지막 손님으로 보이는 테이블만이 남아있었다. 우선 들어가지 않고 문 앞에서 기다리기로 했다. 손목에 찬 시계를 보니 11시 30분을 가리키고 있었다.

'어제와 비슷한 시간에 도착했군.'

가게 앞에 있는 간이 의자에 앉아 핸드폰을 꺼내 요새 유행하는 게임을 했다. 그렇게 게임에 몰두해 시간이 가는 줄 몰랐다. 그렇게 얼마나 지났을까. 문이 열리며 손님으로 보이는 두 남자가 밖으로 나왔다. 그들은 잘 먹었다는 인사를 하고는 비틀대며 걸어갔다.

뒤이어 사장이 날 발견했다.
"언제 오셨어요, 안으로 들어와 계시지요. 날씨도 추운데."
"아니요. 방금 왔어요."
30분이 넘게 기다렸지만 혹시 사장이 미안해할까 봐 거짓말을 했다.

"추운데 얼른 들어오세요."

"네."

사장은 내가 들어온 뒤 가게 문을 잠갔다.

"여기 잠시만 앉아 계세요."

날 오른쪽 구석에 있는 테이블로 안내했다.

탁!

사장은 왼쪽 불을 모두 끄고 내가 앉아있는 오른쪽 테이블의 전등 하나만을 켜놓았다. 어두운 가게에 내가 앉은 테이블만이 환하게 빛났다.

잠시 후 주방으로 갔던 사장이 돌아왔다. 후라이드 한 마리, 양념 한 마리를 테이블에 놓고 다시 주방으로 가 맥주 두 잔을 따라왔다. 맥주 거품이 500cc 유리잔에 풍성하게 올려져 있었다.

"늦은 시간인데 와주셔서 감사해요."

"아니요. 초대해주셔서 감사합니다."

그렇게 형식적인 대화와 함께 침묵이 찾아왔다. 둘 다 어색해 아무 말 못 하고 있을 때 술에 취해 보이는 한 어르신이 가게 문을 두드렸다.

"잠시만요."

그는 자리에서 일어나 잠긴 문을 열고 나갔다. 그는 술에 취한 어르신을 잘 타일러 보내는 듯했다. 마지막까지 예의 바르게 고개 숙여 인사를 히고는 안으로 들어왔다.

"취한 손님이 많이 오시나 봐요?"

"네. 그렇죠. 그래도 다 저희 치킨 사러 오시는 분들이에요. 술 한잔하시고 집에 가기 전에 가족들에게 줄 치킨을 사 가는 거죠."

"아, 그렇군요."

"뭐, 저희 치킨집이 조금 일찍 문을 닫는 편이라 저런 분들 상대하는 일이 다반사죠. 끝날 시간에 취하신 분들이 많이 오시니까요."

"힘드시겠어요."

"아니요. 저희 집 치킨이 생각나서 오시는 분들인데 못 드려서 제가 죄송하죠."

"그럼 이제 한잔할까요?"

두 개의 잔이 부딪치고 서로의 입으로 맥주가 금세 사라져 갔다. 취한 어르신 덕에 조금은 어색한 분위기가 풀린 것 같았다. 그렇게 한참을 치킨을 먹으며 여러 이야길 나눴다. 이사는 언제 왔는지, 결혼은 했는지. 맥주 한 잔을 비우기 전 그와의 대화로 알아낸 건 다음과 같았다. 그의 이름은 박문현, 아직 독신이고 나이는 35살, 어릴 때 이 동네에 살다가 얼마 전 다시 돌아왔다고 했다.

지난 미행 중 알게 된 것처럼 보육원에서 지냈다는 걸로 봐선 가족은 없는 듯했다.

그렇게 맥주 한 잔을 비슷하게 비웠다. 사장은 맥주잔을 들고 주방으로 가서 시원한 맥주 한 잔을 더 따라왔다. 우리는 건배를 하고 맥주를 입안으로 털어 넣었다. 차가운 맥주를 벌컥벌컥 마시니 위에서 마치 지진이 나는 듯 찌르르한 느낌이 났다. 나도 모르게 '크으' 라는 소리가 입 밖으로 나왔다.

"지웅 씨, 술 잘 드시네요."

"아, 아닙니다. 그리고 말 편하게 하세요. 제가 나이도 한참 어린데요."

"아니요. 그래도 성인이신데요. 나중에 더 친해지면 그때 놓겠습니다."

"네, 사장님."

그의 머리 위로 보이는 붉은색 숫자 3을 보며 우리에겐 나중이란 시간이 얼마 남아있지 않다는 사실에 서글퍼졌다. 문득 꿈속에 나타났던 옥황상제가 생각났다. 왜 그는 이렇게 착한 사람에게 관여를 하지 말라는 걸까. 가능하면 이 사람의 마지막 순간에도 도움을 주고 싶은데.

'도움을 주고 싶다라….'

생각에 잠겨 있던 나에게 그가 말했다.

"제가 이 동네에 친구가 없거든요. 시간 되시면 자주 놀러 오세요. 지웅 씨."

"네, 그럼요. 단골 할게요. 사장님."

"고마워요, 지웅 씨."

그렇게 우린 두 번째 잔까지 모두 비웠다. 사장은 약간 술이 올라왔는지 나에게 물었다.

"지웅 씨 한 잔만 더할까요? 아니면 그만할까요?"

취하진 않았지만, 취기가 올라오는 중이었다. 하지만 사장과 더 이야기하고 싶었다. 이렇게 허심탄회하게 말할 기회가 또 언제 있을지 모른다는 마음에 주저 없이 한 잔 더 마시자고 했다.

"저는 괜찮습니다. 한 잔 더 어떠세요?"

"저야 좋죠. 그럼 마지막으로 딱 한 잔만 더 하죠."

사장은 자리에서 일어나 잔을 들고 주방으로 들어갔다. 어쩐지 그의 걸음에서 묘한 설렘이 느껴졌다. 사장은 또 한 번 시원한 맥주 한 잔을 채워 자리로 돌아왔다.

"오랜만에 편하게 먹네요. 장사 시작한 뒤로는 바빠서 못 먹었거든요."

"저도 오랜만에 많이 먹네요."

우리는 건배했고 또다시 밑 빠진 독에 물을 붓듯 맥주를 들이켰다. 맥주를 테이블에 내려놓고 내가 물었다.

"어제 집 가는 길에 사장님이 나쁜 사람이라고 하셨는데 왜 그러셨죠? 제가 보기에는 엄청 착하신 것 같은데?"

취기가 올라 속에 있던 말이 나도 모르게 나왔다.

"그건…"

잠시 말을 잇지 못하던 사장은 맥주를 들어 한 모금 마신 후 말을 이었다.

"착한 사람이 아닙니다. 예전에 잘못한 게 많아 지금은 착실하게 사는 것일 뿐. 저는 착한 사람이 아닙니다."

"과거의 잘못은 상관없습니다. 지금이 중요한 거죠. 이렇게 좋은 일을 하는 분이 나쁜 사람이라니요."

"좋은 일이라니요?"

아차, 싶었다. 보육원에서 도움을 주고 있는 걸 내가 알 리가 없다고 생각할 텐데. 미행한 게 들키면 어쩌지 하는 생각에 말을 얼버무렸다.

"아니, 이렇게 착실히 사시고 있는데 그깟 과거에 잘못 조금 한 거 가지고 신경 쓰지 마세요. 다들 어릴 때 사고 한두 개씩은 치잖아요."

내 목소리 뒤로 사장이 어두운 표정을 지으며 고개를 숙였다.

"아니요. 저는 너무 큰 잘못을 했습니다. 용서받을 수 없어요."

더 물어보고 싶었지만, 너무도 아픈 표정을 짓고 있는 그에게 어떤 말도 건넬 수 없었다.

우리는 그렇게 나머지 술을 마시고 가게를 나왔다. 집으로 가는 길, 12월 말이라는 게 느껴질 만큼 정말 추웠다. 체감온도가 영하 10도는 되는 것 같았다.

"춥죠. 사장님?"

"엄청 춥네요."

말할 때마다 나오는 하얀 입김이 얼마나 추운지를 가늠하게 했다. 술을 마셔 몸에서 열이 났지만, 이 한파를 날려주진 못했다. 그렇게 말없이 걷던 중 집이 보였다. 우리는 재빠르게 현관문을 열고 들어왔다. 현관은 따뜻했다.

"에휴, 얼어 죽는 줄 알았네."

주머니에서 손을 빼며 말했다.

"정말 춥네요. 아, 지웅 씨 혹시 내일모레 뭐 하세요? 아, 아니… 12시가 넘었으니 내일이라고 해야 하나?"

"내일이면 크리스마스이브 날 말씀이신가요?"

"네, 혹시 시간되시나요?"

"네. 저야 시간은 됩니다만… 무슨 일로."

"제가 아는 보육원에 봉사 활동을 하고 있는데 아이들에게 크리스마스 선물을 주고 싶어서요."

"좋은 일이네요."

"네, 혼자 지내는 아이들에게 조금이나마 크리스마스 기분을 내게 해주려고요. 혼자는 힘이 들어서 실례가 안 된다면 어려운 일은 아닌데, 좀 도와주시겠어요?"

어려운 부탁도 아니었고 사장의 마지막이 얼마 남지 않았다는 생각에 선뜻 돕겠다고 나섰다.

"그럼요. 좋은 일 하는데 제가 도와야죠."

"감사합니다. 그럼 이브 날 점심쯤 볼까요?"

"네, 그러죠. 저도 좋은 일을 하게 되어서 기쁘네요."

"고마워요. 제 부탁 흔쾌히 들어줘서."

"아니에요. 그럼 이브 날 뵙죠."

우리는 대화를 마치고 각자의 집으로 들어갔다.

진실

또다시 어둠 속에 갇혔다. 주위를 둘러봐도 아무것도 보이지 않는다. 이제는 익숙해져 버린 풍경. 풍경이라고 할 수도 없다. 보이는 게 전부 검은색뿐이라.

그때 또 목소리가 들렸다.

"가까이하지 말라 했거늘……"

목소리가 나는 쪽으로 고개를 돌렸다.

"왜 항상 이렇게 어두운 곳으로 부르시는 겁니까. 여태 안 보이다 목소리 내서 놀라게만 하시고."

"놀라게 하려는 의도는 없었네."

"그런데 왜 그 붉은색 숫자의 남자와 가까이하지 말라 하시는 겁니까?"

"자네가 감당할 수 있는 무게가 아니야."

"자꾸 못 알아듣는 얘기만 하시고… 왜 그런지 이유를 알려 주셔야죠."

"…감당할 수 있겠나. 진실을 알게 되어도?"

"진실이요?"

"그래. 진실을 알고도 자네가 버틸 수 있을까?"

진지한 옥황상제의 말이 어딘지 모르게 불안했지만, 어차피 알아야 하는 진실이라면 빠르게 아는 것이 더 나을 거란 생각이 들었다.

"네. 견딜 수 있습니다. 알려주십시오. 그 진실이란 것을."

"결국엔… 어쩔 수 없지. 자네가 선택한 거네."

옥황상제의 목소리가 작아지자 아래쪽에 있던 개구리들이 몸을 일으키기 시작했다. 사람처럼 두 발로 일어선 개구리 두 마리. 신선이라 불리는 존재들이었다. 둘 다 수다쟁이였던 걸로 기억하는데…

까만 갓 같은 모자를 쓴 개구리가 입을 열기 시작했다.

"그럼 붉은 숫자에 대해서 먼저 알려줘야겠군. 네가 지금까지 보았던 초록색 숫자, 그건 죄 없는 사람, 즉 평범한 사람들이 죽을 때 보이는 숫자지."

"그리고 이번에 네가 처음 본 붉은색 숫자는 크나큰 죄를 지은 사람들에게서 보이는 숫자야. 쉽게 말하면 지옥에 가는 사람들에게서 보이는 것이지."

차례로 목소리를 내던 개구리들의 입이 다물어졌다.

"자, 잠깐. 크나큰 죄라니요? 그 사람은 착실히 살고 있습니다. 보육원에서 봉사도 하고 있는 착한 사람이란 말입니다. 그리고 과거에 잘못 조금 했다고…"

시선에서 왼쪽에 있던 개구리가 내 말을 끊으며 격앙된 목소리로 소리쳤다.

"조금이라니! 네가 뭘 안다고 말하는 거냐! 그 남자의 죄가 얼마나 큰 것인지 네가 알기나 해?"

갑자기 큰소리를 치는 개구리의 말에 놀라지 않을 수 없었다.

그 죄라는 것, 그가 무슨 잘못을 했는지 나는 전혀 알지 못했으니까.

"그가 무슨 잘못을 했습니까…."

이번엔 오른쪽에 있던 개구리가 입을 열었다.

"그는 인간이 저지를 수 있는 최악의 죄를 저질렀다."

"최악의 죄라면…"

"그의 죄명은 살인."

툭.

다리에 힘이 풀려 자리에 주저앉았다. 그렇게 착하게 살고 있던 사장이 살인을 저질렀다니. 머릿속이 복잡해졌다. 머리와 마음이 싸우고 있었다. 그렇게 착한 일을 많이 하는 사람이었는데.

내가 혼이 빠진 사람처럼 주저앉아 있자, 이번엔 개구리들이 아닌 옥황상제가 다시 입을 열었다.

"아직 네가 감당할 수 있는 일이 아니라 했거늘. 더 이상 상관하지 말거라. 능력도 쓰지 말고."

시간이 멈춘 듯했다. 이미 이곳이 꿈인지 어딘지도 모를 이상

한 감각이 지배하는 곳이었지만, 마치 세상이 멈춘 것 같은 느낌이 나를 집어삼켰다.

어려웠다.

49일의 유예기간을 준 것은 옥황상제였다. 나는 다시 살아나고 싶지 않았다. 더 이상 삶의 의미가 없었으니까.

그러나 가장 친한 친구인 기덕이만은 나와 같은 아픔을 겪지 않길 바라는 마음에서 옥황상제가 준 49일이란 유예 시간을 받아들이고 다시 삶을 시작했다.

그리고 많은 일들이 있었다. 죽음이 얼마 남지 않은 사람들을 만나게 되었다. 그들의 마지막을 지켜주었고, 그러면서 바랐다. 그들의 마지막은 나와 달리 슬프지 않기를, 외롭지 않기를.

그래서

나도 모르는 사이에 삶이 얼마나 소중한지를 알아가고 있었는데…

입술을 질끈 깨물었다.

"그럴 리 없습니다. 그는 그럴 사람이 아닙니다."

내 반응에 개구리와 옥황상제의 미간이 구겨졌다.
개구리들의 언성이 높아졌다.

"네가 뭘 안다는 것이냐!"
"지금 착하게 산다고 해서 죄가 사라지는 건 아니다."

개구리들과 달리 옥황상제는 아무 말 없이 여전히 어두운 표정으로 나를 바라만 보고 있었다. 그를 보며 나도 모르게 울분을 토해냈다. 어쩌면 어지러워서일지도 모르겠다. 나조차 머리와 마음이 싸우고 있어서.

"그는 정말… 착한 사람… 입니다…. 며칠 동안이나 함께했기에 누구보다 잘 알고 있습니다. 그러니 알려주십시오. 그의 죄를. 그는 누구를 죽인 거죠? 왜 살인을 저질렀는지 알아야겠습니다."
"거기까진 알 필요 없다."
"알아야 합니다. 저에겐 중요한 문제니까요."
"……."

옥황상제의 입이 다물어졌다.

"알려주십시오. 이유를 들어야겠습니다."

"이놈이! 그냥 하지 말라면 하지 마!"

"감히 옥황상제님에게 무슨 말버릇이야!"

개구리들이 노발대발 화를 냈다.

개구리들을 무시하며 옥황상제에게 말했다.

"그러니 알려달라는 겁니다. 살인… 그의 죄를 자세히. 헷갈려서 그럽니다. 지난 시간 동안 제가 본 사장은 정말… 정말… 착한 사람이었으니까. 그리고 저에게 시간을 준 것은 그런 착한 사람들의 마지막을 도와주기 위해서 아닙니까?"

지금까지 조용히 있던 옥황상제의 입에서 마치 천둥과 같은 큰 목소리가 튀어나왔다.

"듣기 싫다. 더 이상 그에게 상관하지 말거라."

그게 마지막이었다.

난 그렇게 침대 위로 돌아왔다. 쫓겨났다는 표현이 더 맞는 거겠지.

"이유라도 알려달라니까. 살인자라…"

그날 내내 혼자 거리를 걸었다. 내면에 있는 자아와 내가 직접 본 지난 며칠이 싸우고 있었기에.

***

크리스마스이브 날이 밝았다. 시계를 보니 10시가 지나가고 있었다. 간단하게 샤워를 마치고 옷을 입었다.

"오늘도 춥겠네."

나 혼자 중얼거리고는 검은색 추리닝을 주섬주섬 입었다. 바로 문을 열고 나와 옆집으로 향했다. 옆집 문을 두드리려다 꿈에서 옥황상제와 나눈 대화가 생각나 나도 모르게 문을 두드리는 걸 망설였다.

'더 이상 그와 가까이하지 말라 했는데…'

나도 모르게 그에게 가는 걸 망설이고 있었다. 하지만 내가 보고 믿는 것을 믿기로 했다.

똑똑.

사장의 집 현관문을 두드렸다. 안에서 발소리가 들리더니 문이 열렸다.

"안녕하세요. 지웅 씨."

"안녕하세요, 사장님."

"지금 바로 나갈게요. 잠시만요."

그의 머리 위로 붉은색 숫자 2가 보였다. 그는 문을 고정시키고 들어가 두꺼운 겉옷을 입고 나왔다. 우리는 건물을 나와 곧바로 동네에 있는 대형마트로 향했다. 걸어가는 길에 나는 어제 옥황상제와 나눈 대화를 계속 생각했다. 사장이 살인자라는 이야기를.

"오늘도 참 춥죠?"

사장의 말에 고개를 돌려 바라본 그는 살인자라는 것이 믿기지 않을 만큼 밝은 표정을 짓고 있었다. 옥황상제가 나에게 거짓말할 리는 없다. 그렇기에 그가 살인자인 건 분명할 것이다. 하지만 요 며칠간 지켜본 사장은 너무도 선한 인물이었다. 어떻게 살인자가 이렇게 선한 얼굴을 하고 있을 수 있는 걸까. 일반인들도 어렵다 말하는 보육원에서 이렇게 선행을 하는데….

어디까지가 진실이고 어디까지가 거짓인 걸까. 여러 가지 생각이 엉켜 복잡했다.

"네, 춥네요. 오늘은 가게 문 닫으시는 건가요?"

"네, 오늘은 문을 닫았습니다."

"쉬운 결정이 아니셨을 텐데."

"뭐, 돈도 중요하지만 아이들도 중요하니까요."

짧은 대화를 마치고 나니 대형마트에 도착했다. 마트에는 사람이 아주 많았다. 크리스마스이브답게 가족 단위의 손님이 가장 많은 것 같았다. 입구에서부터 크리스마스 분위기를 내기 위해 트리가 장식되어 있었다.

마트에서 나오는 캐럴을 들으며 우리는 쇼핑카트를 끌고 매장으로 들어갔다.

"우선 아이들 선물부터 고르죠."

사장은 카트를 끌고 장난감 매장으로 향했다. 장난감 코너에 도착하자 사장이 나를 보며 물었다.

"지웅 씨, 혹시 요새 아이들에게 가장 인기 있는 장난감이 뭔줄 아시나요?"

어릴 적에도 장난감을 잘 가지고 놀지 않던 나였기에 요즘 아이들에게 인기 있는 장난감을 알고 있을 리가 없었다.

"아니요."

"이거 큰일이네요. 직원을 찾아서 물어봐야겠네요."

그는 나에게 카트를 부탁하고 직원을 찾으러 갔다. 그렇게 잠시 혼자가 된 시간. 난 사장을 기다리며 장난감들을 구경하고 있었다. 요즘 장난감들은 20년 전 내가 가끔이지만 가지고 놀던 장난감들과는 차원이 달랐다. 크기는 예전보다 줄었지만, 예전 장난감 보다 더욱더 정밀하게 만들어진 장난감들이 많았다. 장난감을 보며 이동하던 중 아이들이 많이 몰려있는 코너를 발견하였다. 그곳에는 자동차 장난감이 있었다. 신기하게도 이 장난감은 던지면 로봇으로 변했다. 아이들은 너도나도 서로 던져보겠다고 아웅다웅 소리쳤고 나는 그 광경을 유심히 바라보았다. 어떤 아이는 공룡으로 변하는 차를, 어떤 아이는 곤충으로 변하는 차를 가지고 싶다고 했다. 가만 보니 이곳에 아이들이 가장 많이 몰려 있었고, 이를 미루어 볼 때 이 장난감이 요즘 제일 인기 있는 장난감인 것 같았다. 한참을 아이들의 대화를 듣던 중 사장이 돌아왔다. 그리고는 마트 직원이 자동차가 동물이나 로봇으로 변하는 장난감이 제일 인기가 많다고 했다며 그 장난감을 찾자고 했다.

"이거 같은데요?"

사장에게 손가락으로 아이들이 많이 있던 곳을 가리켰다.

사장은 그곳에 다가가 상표명을 보고는 이 장난감이 맞다며 해맑게 웃고는 종류별로 10개를 카트에 담았다.

"다음은 옷 매장으로 가죠."

고개를 끄덕인 뒤 그를 따라 아동복 매장으로 향했다.

아동복매장에 도착한 우리는 10살 정도의 아이들이 입을 만한 잠바를 찾았다. 직원은 우리를 잠바가 일자로 쭉 걸려있는 코너로 안내했다. 사장은 옷을 들어 보이며 어떤 게 나은지 물어 봤다. 나도 옷 고르는 센스가 그리 뛰어나지 않기 때문에 대체로 입을 수 있는 무난한 스타일의 검은색 계열의 잠바를 추천했다. 그는 한 벌도 똑같은 옷을 사지 않고 모두 다른 옷으로 10벌의 옷을 샀다. 그리고 학교에 입학하는 아이들을 위해 책가방도 몇 개 담았다.

그렇게 아이들의 선물을 모두 산 그는 지하로 내려갔다. 지하 매장에서는 아이들에게 해줄 저녁 먹을거리를 샀다. 냉동 돈가스와 카레 가루, 당근, 감자, 소고기 등 음식 재료를 구매했다. 구매한 재료로 보아 돈가스와 카레를 만들려는 것 같았다. 그렇게 모든 장을 보고 우린 마트에서 나왔다.

"그럼 가죠."

양손 가득 짐을 들고 우리는 보육원으로 향했다. 걸어가는 내내 나는 마음속으로 사장에 대해 생각했다.

아이들을 생각하며 선물을 사는 이런 착한 사람이 살인자라니. 옥황상제가 거짓말을 했을 리는 없다. 그러나 내 눈앞에 있는 남자가 본 모습을 숨기고 가식을 떨고 있다고는 생각하고 싶지도 않다.

어렵다. 아니, 모르겠다.

얼마 남지 않은 시간. 이 사람의 남은 시간을 행복하게, 의미 있게 만들어 주고 싶다. 그러나 나도 모르는 사이에 망설이고 있었다. 살인자… 그 무게를 나도 너무 잘 알고 있었기에.

어느덧 보육원 건물이 보였다. 마당을 지나 보육원 현관문으로 들어갔다. 현관 앞에서부터 아이들이 기다리고 있었다.

"아저씨."
"기다렸어요."

모두 사장을 반겨 주었다. 사장은 아이들을 한 번씩 안아주었다. 보육원 원장이 나와서 모두를 데리고 넓은 거실로 자리를 옮겼다. 보육원 거실은 아주 컸다. 보통 집들과는 다르게 소파와 TV 등이 없고 한쪽 벽에 책만 가득했다.

넓은 거실에 아이들이 옹기종기 모여 앉았다. 원장은 아이들에게 말했다.
"여러분 오늘이 무슨 날인지 알아요?"
앉아 있던 아이들이 모두 큰소리로 입 맞춰 말했다.

"크리스마스이브요."

"그래요. 크리스마스이브예요. 오늘은 특별히 산타 할아버지 대신 우리 문현이 아저씨가 여러분에게 선물을 주러 오셨어요. 박수!"

짝짝짝- 아이들은 두 손을 모아 열심히 손바닥을 부딪쳤고 하나, 둘 쌓은 박수 소리가 거실 가득 퍼져 울렸다. 원장은 나와 사장을 보며 손으로 앞을 가리켰다. 아마 나와서 아이들에게 한마디 말을 전하라는 의미 같았다. 사장은 내 왼쪽 팔을 끌며 앞으로 나아갔다.

"여러분, 오랜만이에요. 아저씨는 많이 봐서 알죠?"

"네."

아이들이 큰소리로 대답했다.

"이 옆에 있는 형은 아저씨의 친한 동생이에요. 여러분에게 선물을 주러 왔어요."

몇몇 아이들이 나를 바라보며 "감사합니다."라고 소리쳤다. 기분은 좋았지만 쑥스러워 아이들과 눈도 마주치지 못했다.

"그럼 아저씨랑 형이 선물을 줄게요. 한 번에 나오면 다치니까 한 명씩 나와서 가지고 싶은 걸 말하세요."

사장이 아이들에게 인사를 건네는 동안 나는 앞쪽에 마트에서 사 온 선물을 모두 풀었다. 아이들은 반짝반짝한 눈으로 선물을 살폈고 곧 한 명씩 나와 선물을 받아갔다.

나와 사장은 아이들이 말하는 선물을 골라주며 작게 속삭였다.

"메리 크리스마스! 항상 건강 하렴."

아이들은 자신의 선물을 옆에 있는 친구에게 자랑하며 즐거워
했다. 정말 마음에 드는 선물인지 어떤지는 모르지만, 아이들은
그저 선물을 들고 웃고 있었다.
"선물 주신 아저씨와 형에게 박수!"
원장의 목소리 뒤로 아이들의 힘찬 박수 소리가 들렸다.
"그럼 이제 저녁 준비가 될 때까지 싸우지 말고 놀고 있으세요."

아이들이 밝은 표정으로 뛰어나갔다. 각자의 선물을 들고. 원
장은 연신 고개를 숙이며 우리에게 몇 번이나 감사하다고 했다.
나는 그저 사장을 따라온 것뿐인데 이런 감사를 받아도 되나 싶
었다.

사장은 바로 부엌으로 가 저녁 준비를 시작했다. 30명의 아이
들이 먹을 음식을 만드는 일이 쉬워 보이진 않았다. 나는 그저 사
장의 옆에서 보조로 쉬운 일거리들을 도맡아 했다. 감자와 당근

을 써는 일. 모양이 그다지 에쁘진 않았지만, 최선을 다했다. 사장은 그런 나를 보고 흐뭇한 미소를 지으며 말했다.

"지웅 씨, 와 보니 어때요?"

"아이들에게 이런 멋진 선물을 할 수 있어서 너무 기분이 좋네요."

"다행이네요. 제가 억지로 끌고 나와서 걱정 많이 했거든요."

"아니요. 아이들의 웃는 모습을 볼 수 있어서, 아이들에게 요리를 해줄 수 있어서 제가 더 행복하네요."

"지웅 씨는 정말 착하군요."

"아니에요. 저는 별로 착하지 않아요."

"아이들을 좋아하는 사람 중에서 나쁜 사람은 없어요."

"그럼 사장님도 아이들을…"

사장과 대화 도중 원장이 들어왔다.

"준비는 잘되어 가시나요?"

"네, 원장님. 이제 돈가스만 튀기면 됩니다."

"그렇군요. 지웅 씨라고 하셨나요?"

원장이 나를 보며 말했다.

"네. 서지웅입니다."

"지웅 씨, 고마워요. 이렇게 와주시고."

"아닙니다. 저도 처음 와보긴 했지만, 아이들이 즐거워하니까 보람차고 좋네요."

"감사합니다. 그럼 저녁 준비 잘 부탁합니다."

"네."

원장이 나가고 마저 남은 요리를 했다. 30분쯤 지나서 요리는 완성되었고 접시에 돈가스와 카레를 담았다. 서른 개의 접시에 아이들이 먹을 음식을 한가득 담고는 남은 세 개의 접시에 어른들의 식사를 준비했다. 원장은 아이들을 모두 식당으로 불러 앉혔고 아이들은 나와 사장에게 감사 인사를 하고는 허겁지겁 저녁을 먹었다.

그렇게 식사를 마치고 뒷정리를 한 뒤 나와 사장은 밖으로 나왔다. 어느새 원장과 아이들이 마당까지 마중을 나와 있었다. 나와 사장은 가볍게 인사를 했고 아이들과 원장은 "또 오세요."라는 말과 함께 손을 흔들어주었다. 사장은 또 오겠다며 마당을 나올 때까지 뒤돌아서서 인사했다.

나는 그저 손을 흔들 수밖에 없었다. 사장의 머리 위에 떠 있는 붉은색 숫자 2를 보며.

보육원을 나와 우리는 집으로 향했다. 12월 24일, 여전히 날씨는 추웠다. 바람이 많이 불지는 않았지만, 옷을 뚫고 전해지는 추위가 뼛속까지 스며들고 있었다.

팔을 부여잡고 집으로 향하던 중 눈이 내렸다. 하얗고 새하얀 눈이.

"사장님, 눈 와요."

"그러게요. 눈이 오네요."

"화이트 크리스마스네요. 눈 별로 안 좋아하세요?"

"눈이라… 저는 별로."

"그러시구나. 아이들은 좋아하겠어요. 내일 눈싸움도 할 수 있겠네."

"그렇겠네요."

그렇게 우린 어둠 속 하얀 눈이 내리는 거리를 걸어 집 앞에 도착했다.

"지웅 씨, 고마워요. 오늘 덕분에 아이들에게 좋은 추억을 선물해 줄 수 있었어요."

"아니요, 제가 더 좋았어요."

"그럼 편히 쉬세요."

우리는 각자의 집으로 들어갔다.

'이제 하루 남았구나.'

내일이면 사장이 죽는다. 나는 그에게 대체 어떤 선물을 줘야 할까. 아니, 내가 과연 선물을 줘도 괜찮은 건가. 옥황상제의 말을 듣지 않아도 괜찮은 건가. 오늘 본 사장은 누구보다 착한 사람이었는데. 침대에 누워 오늘 있었던 일들을 생각하다 잠이 들어 버렸다.

어둠 속에서 눈이 떠졌다.

"하…. 또 왔네."

이제는 익숙한 곳. 눈을 뜨자마자 옥황상제를 찾았다. 고개를 이쪽저쪽으로 돌리며 두리번거리다 옥황상제가 앉아 있는 곳을 발견했다.

터벅터벅 다리를 움직여 그의 앞으로 걸어갔다.

여느 때와 다름없이 황금색 의자에 앉아 희고 긴 수염을 만지작거리고 있었다.

나는 다가가 물었다.

"오늘은 어쩐 일로."

내 물음에 답을 한 것은 옥황상제가 아니라 그 아래 서 있던 개구리 선인들이었다.

"그것은 네가 더 잘 알고 있을 텐데."

"그렇게 경고했거늘."

개구리들은 짧고 낮은 말투로 말했다.

"분명 옥황상제님께서 경고했을 텐데, 가까이하지 말라고."

나를 노려보는 개구리들을 지나쳐 옥황상제에게 시선을 올렸다.

"그래서 물었습니다. 왜 그가 살인을 저질렀는지. 어떤 일이 있었는지. 저도 무작정 도와준다는 것이 아닙니다. 저도 살인은… 아닙니다."

입술을 꾹 깨물었다.

나를 내려다보던 옥황상제가 무언가 말을 하려다 다시 입술을 붙였다.

그렇게 잠시 정적이 이어지고.

어색한 침묵을 깬 것은 옥황상제였다.

"이유는 말해줄 수 없다. 말한다고 뭐가 달라지지? 그건 네가 제일 잘 알고 있을 텐데. 죄는 사라지지 않는다."

"……"

아무 말도 할 수 없었다. 아무 말도.

"그만 돌아가거라."

머릿속이 어지러웠다.

옥황상제의 목소리가 맴돌고, 치킨집 사장의 얼굴이 계속해서 떠오른다.

그를 무조건 도와주려는 게 아니다. 그저 며칠 동안 본 그의 행동 때문에 고민이 되는 것일 뿐. 그리고 나도 느끼고 있으니까. 지금까지 숫자가 뜬 사람들을 만나며 변한 내 행동들과. 내 선택들을.

나는 그의 마지막을 도와주고 싶었다.

"알고 있습니다. 죄를 지었으면 벌을 받아야 하는 걸 알고 있습니다. 제가 죄를 면하게 해준다는 게 아닙니다. 저는 그저 마지막에나마 그가 조금은 죄책감을 덜고 갔으면 하는 마음에 말씀드린 겁니다."

"그것은 신들이 알아서 할 터. 네가 상관할 바가 아니다."

"내일이 마지막 날입니다. 일주일간 본 그는 분명 반성하고 있었습니다. 그래서 더 착한 일을 한다고 했습니다. 용서하려는 게 아닙니다. 절대 용서할 수 없는 일이지요. 그러니 제대로 알고 저는 선택하고 싶은 것뿐입니다."

"그만. 나는 분명 경고했다네. 그 붉은 숫자의… 그를 도와준다면… 자네는 후회하게 될 거라네. 분명….."

옥황상제의 마지막 말을 끝으로 나는 내 방 침대 위에서 눈을 떴다.

'이제는 아주 마음대로 부르고 내쫓는구면.'

***

　치킨집 사장의 마지막 날이 밝았다. 아직 입 밖으로 꺼낼 정도로 살고 싶다고 생각한 적은 없지만, 이 능력이 생긴 뒤로는 숫자를 가진 사람들을 도와주는 일을 조금은 좋아하게 됐다. 과연 사장의 마지막을 도와주면 난 어떻게 되는 것일까.

　'힘을 빼앗기는 걸까. 아니면 49일의 기회가 사라지게 되는 걸까. 그러면 난 다시 죽는 건가.'

　"하⋯⋯."

　나는 대체 어떻게 해야 하는 걸까. 그의 마지막을 도와줘야 하는 것인가. 아니면 모른 척하고 지켜보아야만 하는 것인가. 몸을 일으켜 커튼을 걷었다. 간밤에 눈이 꽤 많이 와 있었다. 거리가 온통 하얀 옷으로 갈아입었다.

　아침을 해결하기 위해 잠옷 바람에 두꺼운 패딩만 입고 문을 나섰다. 옆집 사장의 문 앞을 지나치며 많은 생각이 들었다. 문을 두드려 아침 식사를 같이할까도 생각했지만, 아직 어떤 결정도 내리지 못해 그냥 지나쳤다. 밖으로 나와 보니 눈이 족히 20센티는 쌓여 있었다. 말 그대로 화이트 크리스마스였다.

　버릇처럼 빵집으로 향했다.

　빵집 앞에 도착하니 빵집은 온통 크리스마스 분위기였다. 입구에는 빨간 크리스마스 장식과 황금색별이 달려 있었고 문 바로 옆에는 유치원 아이들의 키만 한 조그마한 트리도 있었다. 문을 열고 들어가니 캐럴이 흘러나오고 있었다. 아주머니는 빨간 앞치마와 산타 모자를 쓰고는 분주히 갓 구운 빵을 진열하고 있었다.

　"지웅이 왔구나. 메리 크리스마스!"

　"메… 메리…. 안녕하세요."

　말을 꺼내다 부끄러워져 빠르게 걸음을 옮겼다.

　어김없이 카스텔라와 딸기우유를 골라 아주머니에게 가져갔다. 오늘도 다른 걸 먹어보라고 권유하는 아주머니에게 고개만 숙여 거부 의사를 표현한 뒤 계산하고 밖으로 나왔다.

　"안녕히 계세요."

집으로 걸어가는 길. 마을 담벼락, 주차된 차의 보닛 위, 층고 가 낮은 집의 지붕 위. 어느덧 곳곳에 눈이 소복하게 쌓여 있었지 만 내가 걸어가는 이 도로와 인도는 깨끗했다. 아침 일찍부터 마 을 사람들이 모두 눈을 쓸어둔 덕분이었다.

길가에 쌓여 있는 눈 더미를 괜히 만져 보았다. 차가웠다. 손 에 든 눈덩이는 조금 지나자 사라졌다.

'그도 오늘 이렇게 사라지겠지….'

그렇게 생각하던 찰나 눈앞에 치킨집 사장이 보였다. 사장은 나를 보고 반갑게 인사했다.

"지웅 씨 잘 잤어요?"

"네, 사장님. 어디 가시는 길이세요?"

"네, 가게요. 어제 문을 닫았더니 오늘 할 게 많아서 아침부터 가려고요."

사장의 머리 위에 붉은 숫자가 보였다. 2:05:00. 두 시간 정도 남아 있었다.

"네, 근데 저… 사장님. 조심하세요."

"네? 무슨 말이죠?"

"아니요. 길이 미끄러우니까 조심하세요."

"네. 그럼 지웅 씨도 조심하세요."

사장은 손을 흔들며 가게로 향했다.

집으로 돌아와 침대에 앉아 고민했다. 두 시간 남았다. 사장의 마지막을 도와야 하나, 아니면 그냥 모른 척해야 하나. 씻을 수 없는 큰 죄를 지었지만, 그는 분명 자신의 잘못을 뉘우치고 남들만큼 아니, 남들보다 더 좋은 일을 하며 살아가고 있다. 용서라는 개념이 아니다. 그저 난 지금까지 하려던 일을 하려고 할 뿐이다. 다만 지금까지도 고민이 계속되는 건 어쩔 수 없었다. 살인은⋯ 내게도 무거운 일이었으니까.

"후⋯."

사장을 도와준다면 나는 이 능력을, 아니 어쩌면 이 능력만이 아니라 목숨을 잃게 될지도 모른다.

처음에는 억지로 받았지만 옥황상제가 준 49일의 유예기간. 그 기회가⋯ 사라질 수도 있다.

똑같은 생각을 반복하며 쉽게 결정을 내리지 못하고 그저 앉아 있었다. 30분이 지나고, 한 시간이 지나도 그 어떤 결정도 내리기 어려웠다. 또다시 10분, 20분, 30분⋯ 어느덧 그가 생을 마감하기까지 30분도 남지 않았지만, 여전히 결정을 내리지 못하고 애꿎은 이불만 움켜쥐었다.

그때 문득 예전 일이 떠올랐다. 그것은 옥황상제와의 대화였다. 처음 그를 만난 날. 옥황상제의 제안을 받아들인 그 순간을.

죽음이 얼마 남지 않은 친구를…
죽음이 얼마 남지 않은 사람들에게…

나처럼 하루를 의미 없이 보내지 않게.
나처럼 힘들지 않게.
나처럼… 하루하루가 지옥 같지 않게.

나처럼 외롭지 않게.

자리를 박차고 일어나 밖으로 나왔다. 치킨집까지 전력 질주로 달렸다. 조금 전까지 엉켜있던 내 머릿속이 마을을 뒤덮은 하얀 눈처럼 깨끗이 정리되었다.

'각자가 할 일이 있는 거다. 죄는 법으로. 용서는 당사자만이.'
나는 그저 내가 할 수 있는 일을 하자.
그저 뛰었다. 그렇게 치킨집에 도착했다. 너무 뛰어 배가 아팠지만 남은 시간이 얼마 없었다. 나는 재빨리 문을 열었다.

가게는 불이 꺼져 있었다. 사장을 불렀지만, 인기척은 느껴지지 않았다. 주방에 불이 켜져 있어서 그쪽으로 발길을 옮겼다.

"사장님!"

주방 안쪽으로 들어가니 사장이 쓰러져 있었다.

"정신 차리세요. 사장님!"
그렇게 정신없이 사장을 흔들던 중 내 손에 피가 묻은 것을 발견했다. 사장의 배에서 피가 흘러나오고 있었다. 보이는 수건을 집어 들어 사장의 배에다 대고 지혈했다.

힘겹게 눈을 뜬 사장이 거친 숨을 몰아쉬며 말했다.
"지웅 씨, 여긴 웬일이에요."
"사장님, 말씀하지 마세요. 잠시만요. 119에 전화할게요."
피로 얼룩진 손을 떨며 핸드폰을 집어 들었다. 119로 전화해 소리쳤다.
"저기요! 여기 사람이 죽어가요. 빨리 와주세요. 신림동 빡무 치킨집이에요. 제발 빨리요! 제발, 제발요."
"지웅 씨, 됐어요. 전 괜찮아요."
사장은 기침을 하며 입에서 피를 쏟아내고 있었다. 나는 그런 사장에게 울먹이며 말했다.

"사장님, 누가 이런 거에요. 누가 대체… 사장님! 정신 차리세요."

"지웅 씨, 저는… 저는 이렇게 되도 싼 놈입니다."

사장이 눈물을 흘리며 말했다.

"아니에요. 사장님, 조금만 참으세요. 구급차 올 거에요."

사장을 끌어안으며 눈물을 흘렸다.

"지웅 씨, 저는 이 세상에 필요 없는 쓰레기입니다. 부모에게 버림받은 이후 자퇴하고 매일매일 사고만 쳤어요. 18살 땐가… 조직에 들어가 사람들을 때리고 못살게 굴었어요."

"제발 사장님, 말 안 하셔도 돼요…. 제발 정신만 차리고 계세요."

"아니요. 제 몸은 제가 잘 압니다. 지웅 씨, 제게 그러셨죠? 착한 것 같다고. 아닙니다. 전 쓰레기예요. 이 손으로 사람을 죽였어요. 이 손으로 사람을 칼로 찔렀어요."

초점 없는 눈. 입에서는 숨보다 검붉은 피가 더 많이 새어 나오고 있었다.

"아니에요, 아니에요. 사장님은 착해요. 아이들을 좋아하는 사람 중에 나쁜 사람은 없다고 말씀하신 건 사장님이잖아요."

"으… 아니요. 전 아이들을 좋아하지 않습니다. 그저 저처럼 되지 않게, 나처럼 쓰레기 같이 살지 않게 부모 없는 놈이라고 손가락질 받으면서 크지 않게, 그 아이들만은 부모 없이도 잘 컸다는 말을 들을 수 있게… 그래서 그런 겁니다. 저는 괜찮아요. 지웅 씨, 제가 저지른 잘못들 때문에 이렇게 벌 받고 죽는 겁니다."

"아니에요. 벌은 다 받으셨잖아요. 그리고 사장님보다 나쁜 놈들이 얼마나 많은데 왜 사장님만…"

"아니요. 사람은 죄를 지었으면 벌을 받아야 됩니다. 그것이 세상의 이치고 이 세상이 아직은 살 만한 세상이라는 증거입니다. 저처럼 나쁜 사람은 그에 합당한 벌을 받아야 됩니다. 이제… 이제야 마음이 편하네요. 매일매일 착한 일을 해도 씻을 수 없었습니다. 손에서 나는 피 냄새를. 이제야 지독한 피 냄새를 안 맡아도 되겠네요. 마지막까지 미안합니다. 지웅 씨, 만난 지는 얼마 안 됐지만, 지웅 씨는 정말 좋은 사람인 것 같아요. 다음 생에는 저도 착한 사람으로 태어날 수 있게…"

"정신 차리세요. 사장님! 사장님!"

사장의 눈이 감기기 시작했다.

끝을 알리는 표정.

사장의 머리 위로 붉은 숫자가 눈에 들어왔다.

00:01:00.

마지막 1분. 결단을 내려야 할 시간이었다.

머릿속으로 옥황상제와 개구리 선인들의 목소리가 울렸다.

'가까이하지 마.'

'살인자야.'

'후회하게 될 걸세. 분명.'

하지만.

"전 제가 본 것만 믿겠습니다. 용서하려는 게 아닙니다. 그
저… 당신은… 자격이 충분합니다."

마지막이 될지도 모르는 능력을 썼다.

"이것이 내가 주는 마지막 선물이다."

시간이 멈췄다.

***

마지막 산타클로스

정신이 아득해지더니 눈이 떠졌다. 뭐지? 조금 전까지 배가 아파 숨도 쉬기 힘들었는데 고개를 숙여 배를 보니 상처가 없었다. 눈앞에 뭔가 보이기 시작했다. 어두워 아무것도 보이지 않던 곳에 사람들이 나타나 싸우고 있었다.

자세히 보니 그곳엔 내가 있었다. 사람들이 뒤엉켜 서로 때리고 칼로 찌르고. 1999년. 내가 처음으로 칼을 잡은 날이다. 18살. 조직에 들어가 처음으로 진짜 죽음이란 것을 알게 된 날이었다. 그날 난 죽도록 맞기만 했지만. 또다시 어두워지더니 다른 것이 보였다. 그곳에도 내가 있었다. 나이트클럽 안. 사람들이 싸우고 있었다. 저건 내가 사람을 죽인 날. 그렇다. 2001년 여름, 20살 때 난 처음 사람을 죽였다. 어린 나이지만 나의 능력을 알아본 선배는 나를 선두에 세웠다. 잡혀도 보스가 꺼내준다는 말과 함께.

하지만 내 기대와는 달리 나는 바로 수감되었고 조직은 나를 버렸다. 나에게 선두를 맡긴 조직 간부는 나를 신입이라 모른다고 했다. 그렇게 난 버려졌다, 15년 형을 받고 15년 동안 감옥에 수감되어 괴로운 나날을 보냈다.

부모가 없어서, 못 배워서 할 줄 아는 게 싸움뿐이라서. 처음엔 이런 생각이 가득했지만, 시간이 지날수록 그저 내 탓으로밖에 안 느껴졌다. 부모가 없어도, 공부를 하지 않아도, 싸움밖에 할 줄 몰라도 충분히 이 세상에 맞춰서 살 수 있었다. 나는 그저 누군가에게 필요한 사람이고 싶었다. 그렇게 조직에 필요한 사람이 되자고 생각했지만 그건 나만의 생각이었다. 그들은 나를 그저 꼭두각시 총알받이로밖에 생각하지 않았다.

15년 동안 감옥에서 나를 이용한 놈들에게 복수할 생각도 하고, 나를 버린 부모도 원망했지만 진짜로 원망했던 건 나였다. 왜 그랬을까. 왜 똑바로 살려고 하지 않은 걸까. 왜 나는 한 번도 인간답게 살아 본 적이 없었나. 15년 동안 많이 반성했다. 내가 때린 수많은 사람 그리고 나에게 죽임을 당한 다른 조직원 아니, 그 남자에게 매일매일 기도하며 15년을 보냈다. 이제는 착하게 살아야지, 이제는 내 인생 살아야지.

그렇게 15년을 반성했지만 내 죄는 없어지지 않았다. 나를 오늘 칼로 찌른 놈은 내가 죽인 사람의 동료도 가족도 아니다. 나를 찌른 놈은 분명 우리 조직에 있던 놈이다. 내가 우리 조직에 복수라도 할 줄 알고 죽였나. 그래도 뭐 상관없다. 나는 그저 사람을 죽인 나쁜 놈이니까, 내 인생은 이미 피로 물들었으니까 괜찮다.

벌을 받는 것뿐이다. 이제야 좀 편해질 수 있겠네.

그때 눈앞이 환해지며 누군가가 나에게 걸어왔다. 그는 검은색 정장 차림에 머리를 모두 뒤로 넘긴 남자. 이 남자는 내가 죽인 남자다. 그가 걸어왔다. 무서웠다. 내가 죽인 남자가 어떻게 다시 나타난 걸까. 나도 죽은 건가. 여기는 지옥인가….

남자가 다가와 내 앞에 멈춰 섰다.

그렇다면… 나는 꼭 해야 할 일이 있었다.

나는 그대로 무릎을 꿇었다.

"제가 죄송합니다. 사람을 죽여 놓고 사과해서 무슨 소용이 있겠느냐고 하시겠지만 그래도 죄송합니다. 정말 반성하고 있었습니다. 15년 동안 감옥에서 매일매일 하루도 빠짐없이 당신에게 기도했습니다. 죄송하다고. 죄송하다고. 감옥에서 15년을 살고, 나와서도 착한 일을 많이 했습니다. 그저 어린아이들만큼은 우리처럼… 아니 나처럼 되지 않도록 노력했습니다. 정말 미안합니다. 저를 찌르셔도 좋습니다. 저를 죽여도 좋습니다. 분이 풀리실 때까지 때리셔도 좋습니다. 그저 이 말이 너무 하고 싶었습니다. 당신의 소중한 인생을 빼앗아서 죄송합니다."

그의 앞에서 무릎을 꿇었다. 고개를 숙이니 눈물이 나왔다. 마음속에서 진심으로 하고 싶었던 말을 했다. 15년 동안 정말 하고 싶었던 말이었다. 이제는 편하게 갈 수 있을 것만 같다. 고개를 들어 그를 보았다. 그는 그저 말없이 한참 동안 나를 바로 보고는 뒤돌아 그냥 걸어갔다. 그의 모습이 보이지 않았다.

고개를 숙여 울고 있는데 누군가 내 어깨를 잡으며 말을 걸어왔다.

"얘기 다 하셨나요?"

고개를 들어 바라본 곳엔 지웅 씨가 서 있었다.

"어떻게 지웅 씨가… 여기에…"

"사장님, 아니 문현이 형, 하고 싶은 얘기는 다 하셨나요?"

"형? 그래, 어… 너 신이라도 되는 거니?"

"신이라… 아니요. 전 그저 평범한 사람이에요. 형."

"이런 일을 벌여놓고 평범한 사람이라니, 너도 참…"

"형, 이제 미련 없으세요?"

"응. 고맙다. 이제 조금은 편히 갈 수 있을 거 같아."

"네, 천국에 못 갈 수도 있어요. 용서받지는 못 할 거고요. 저는 그저 기회만 드린 거예요. 사과라도 하시라고."

"천국이라… 그런 거 믿지도 않았고. 뭐 있어도 천국 못 갈 거란 것쯤은 알고 있어. 용서는 바라지도 않아. 어떤 형태로든 사람을 죽여놓고 용서를 바라면 안 되니까."

"…그래요. 마지막이라도 편히 가세요."

"그래, 고맙다. 지웅아, 우리 다시 만날 수 있을까?"

"그럼요. 다음 생에 만나요."

"그러자. 그때는 부모님이 없어도, 공부를 못해도, 싸움밖에 할 줄 모르는 바보라도 꼭 사람답게 착하게 살게. 고맙다. 잘 있어. 산타클로스."

그렇게 그는 신림동의 한 치킨집 주방에서 하늘로 떠났다.

〈책임〉

책임

붉은색 숫자를 가진 치킨집 사장을 보내준 그날. 나는 옥황상제를 만날 수 있었다.

이제는 꿈속인지, 순간이동인지도 정확히 판단이 안 되는 이 순간. 그러나 한 가지는 알 수 있었다. 내가 한 행동에 대한 책임이 있을 것이란 것을…. 검은 공간. 거대한 의자에 앉아있던 옥황상제와 눈이 마주쳤다.

"그렇게 기회를 주었거늘…."

지금까지와 달리 옥황상제의 표정은 가라앉아 있었다.

"저는 제 선택에 후회는 없습니다."

내 목소리가 끝나자마자 옥황상제 아래쪽에 있던 개구리 선인들이 한 마디씩 쏘아붙였다.

"아직도 정신을 못 차리고!"
"이건 네가 선택할 문제가 아니었어! 그 사람과 만난 것은 무언가 착오가 있는 것 같지만, 분명 옥황상제님과 우리가 미리 관여하지 말라고 경고했거늘."

동그란 눈으로 노려보는 개구리 선인들을 눈에 담았다.

"저 스스로 목숨을 끊었지만, 기회를 준 것은 다름 아닌 옥황상제님이었습니다."

개구리들을 향하던 시선을 들어 올려 옥황상제의 얼굴로 옮겼다.

"다시 살아날 수 있는 기회. 49일 동안 7명의 죽음을 보고 그들의 마지막을 의미 있게 아니, 그 죽음에서 무언가를 찾는 것이 시험이었겠지요. 그래서….."

옥황상제와 개구리 선인의 표정이 가라앉았다.

"그래서 힘을 썼습니다. 그냥 보내줄 수는 없었으니까요. 살인 자라고는 하나, 그는 분명 후회하고 있었습니다. 죗값도 치르고 있었고요. 용서를 한 게 아닙니다. 제가 본 것을 믿고, 그저 다른 사람들과 똑같은 기회를 준 것뿐입니다. 제 유예기간을 가져가 셔도 상관없습니다. 다시 제 목숨을 가져가셔도 상관없습니다. 저는 생명의 소중함과 죽음의 아쉬움을 배웠으니까요."

무언가 어려운 표정을 짓던 옥황상제가 작은 한숨과 함께 입을 뗐다.

"후회할 거라네."

잠시 정적이 흘렀다.
나와 옥황상제의 시선이 허공에서 맞닿아 있었다.

후회라. 이미 한 번 목숨을 끊었던 주제에 후회라는 단어가 나에게 어울릴까.
모르겠다. 옥황상제가 무슨 생각으로 이런 말을 하는지.

그러나 잠시 뒤. 그러니까 얼마 지나지 않아 나는 바로 알 수 있었다. 옥황상제가 했던 말의 의미를.

옥황상제의 표정이 무거워졌다.

"힘을 빼앗아 가지 않겠네. 기회도 거두어 가지 않겠네. 이제 딱 일주일만 있으면 자네는 다시 삶을 선물 받을 수 있다네."

이해할 수 없었다. 기회를 빼앗길 줄 알았다. 힘을 빼앗기고 다시 죽음을 맞이할 줄 알았다.

"대체 왜…."

무슨 생각인지 모르겠다.

"남은 일주일 동안 두 명의 죽음을 보게 될 거라네. 그 죽음을 잘 마무리한다면… 자네는 새로운 삶을 받을 거라네."

"자, 잠깐 왜 기회를…."

나를 내려다보던 옥황상제가 대답 대신 날숨과 함께 다른 말을 내뱉었다.

"그러나… 후회 안 할 수 있겠나. 용서할 수 있겠나. 난 분명 자

네에게 기회를 줬었다네. 그러니 책임을 지게나. 이것이 자네가
마지막으로 만나야 할 사람이라네."

옥황상제 아래 있던 개구리 선인들이 손을 맞잡고 동그랗게
원을 그렸다. 그러자 타원형의 거울이 나타나더니 그 안으로 파
문이 일어나기 시작했다. 마치 작은 호수처럼.

물결치던 그 공간에 색이 칠해지기 시작하더니 이내 그 안으
로 한 남자의 모습이 보이기 시작했다. 마치 텔레비전처럼 모습
을 볼 수 있는 그 거울 속에는…

"아…. 아…."

붉은 숫자 7이 머리 위에 떠 있는 한 남자가 서 있었다.

"아…. 아…."

계속해서 내 입에서 탄식이 흘러나왔다.
눈동자는 떨리고, 목소리는 내 것이 아닌 것처럼 흘러나왔다.

"마지막 사람들을 하늘로 고이 보낸다면 자네에게 새 삶을 주

겠네. 하지만. 그럴 수 있을지 모르겠군."

마지막 일주일 내가 마지막으로 보내줘야 할 사람은…

나는 그 남자를 알고 있었다. 어찌 잊을 수 있을까. 그는 내 세
상을 빼앗아 간 사람이니까.

그는…

나의 부모님을 죽인 남자였다.

용서

누구에게나 있을 것이다. 용서하고 싶지 않은 사람. 돈을 한
트럭을 주더라도, 눈앞에서 눈물 흘리며 무릎을 꿇고 사정하더
라도 절대… 용서해 주지 못할 사람. 떠올리는 것만으로도 심장
이 아려오는 사람.

나에게도 있었다. 내 세상을, 내 모든 것을 빼앗아 간 사람이.

***

매서운 눈발을 맞으며 정처 없이 걸었다. 술은 한 방울도 마시지 않았는데, 정신이 몽롱했다. 게다가 비틀거리기까지 하며 걷다 어깨를 부딪치는 일도 여럿 있었다. 그때마다 힘겹게 다시 일어나 발걸음을 뗐다. 눈발이 거세져도 내 걸음은 멈출 생각을 하지 않았다.

연말이라 그런지 자정이 넘어간 시간인데도 거리에는 사람이 많았다. 가족 연인 친구. 사랑하는 사람과 함께 보내는 이들에게는 이 차가운 눈마저도 아름답게 보이겠지. 하나 나에게는 아니었다. 몇 번이나 넘어져 바지는 다 젖었고, 신발은 이미 눈 때문에 얼음장을 밟고 있는 듯했다. 그럼에도 난 앞으로만 나아가고 있었다. 몽롱한 정신으로 그저 묵묵히 앞으로만 나아갔다.

스스로에게 물었다.

어디로 가고 있는 것인지. 왜 이 늦은 시간에 끊임없이 걸어가고 있는 것인지. 이렇게 멍한 정신으로 대체 왜 그곳에 가려고 하는 것인지. 한 시간도 넘게 움직였던 다리가 멈췄다.

[세한운수]

낡은 나무판에 적힌 상호가 가장 먼저 보였다. 그렇다. 난 아마 내 눈으로 직접 확인하고 싶었던 것 같다. 내 부모를 죽인 그 사람의 모습을. 그의 머리 위에 있는 숫자를. 그러니까 애써 모른 척했던 것이다. 이곳을 향하고 있었음을. 부모님이 죽고 나서 한 번도 이곳에 오진 않았었는데. 숨을 내쉴 때마다 눈 앞을 가리는 입김 사이로 여러 대의 버스가 눈에 들어왔다. 그리곤 시동을 끄고 버스에서 내리고 있는 한 남자와 눈이 마주쳤다. 들고 있던 요금통이 바닥에 떨어지며 큰 소리를 내었다. 나를 발견하곤 사시나무 떨듯 떨고 있는 남자의 모습에도 난 아무 움직임도 없이 그저 남자를 바라보고 있었다.

정확히 말하면 나는 그 남자의 머리 위에 떠 있는 7이라는 숫자를 보고 있었다. 붉게 빛나는 숫자 7. 몸을 떨던 남자의 눈이 충혈되어 갔다. 아마 곧 눈물을 흘리겠지. 그러니, 난 그대로 몸을 돌렸다. 거센 눈보라를 뚫고 왔음에도. 발이 불어 터지고 감각이 없어졌음에도 참고 이곳까지 그렇게 힘겹게 왔음에도 난. 1분도 이곳에서 시간을 보내지 않고 돌아섰다.

고의가 아니었더라도 상관없다. 그는 분명 내 세상을 빼앗아 간 사람이니까. 힘없이 왔던 길을 돌아갔다. 멀리서 "잠깐만"이라는 소리가 몇 번 들린 것 같았지만, 난 그 목소리를 쌓이는 눈에 그대로 묻어 버렸다.

사람은 이기적이다.
남의 일에는 쉽게 결정하고 말하면서, 그 일이 정작 자기 일이 되면 시야가 좁아진다. 결정이 한없이 어려워진다.

지금 나도 그렇다.
똑같은 상황이라도 내 일이… 내 입장이 되니.
난 지난날의 나를 모순덩어리로 만들고 말았다.

저 남자의 눈에서 흐르는 눈물을 보고 싶지 않았다.
용서를 빌 기회도 주고 싶지 않았다. 나쁘다고 손가락질해도 상관없다.

난 절대 그를 용서할 생각이 없으니까.

***

잠을 잔 것인지, 밤을 새운 것인지도 모를 정도로 정신이 없었다. 분명 난 침대에 누워있었지만, 밤새 어떤 일이 있었는지도 잘 기억나지 않는다. 그저 버스 종점에서 본 그 남자의 모습만 계속 떠올릴 뿐이었다.

그 남자의 머리 위엔 분명 붉은색 숫자 7이 떠 있었다.

지금까지의 경험으로 보아 일주일 후에 그가 죽는다는 이야기겠지. 그리고 그 남자의 마지막을 내가 잘 지켜보아야 49일간의 시험이 끝나고… 아마 나는 다시 삶을 이어갈 수 있는 거겠지.

옥황상제가 준 기회.
49재.

49일 동안 7명의 죽음을 지켜보고 그들에게 주어진 마지막 시간을 의미 있게 해주면…
자살한 것을 철회하고 다시 삶을 살아갈 수 있다.

모두에게 그런 특권이 주어지는 것은 아니지만, 분명 나에게는 그것이 주어졌다. 하지만 난 거절했었다. 삶을 살아가야 할 이유가 없었으니까. 삶의 전부였던 부모님이 죽고 나는 고통 속에서 1년이란 시간을 보냈다. 더 이상 살아갈 의미가 없다고 생각했다. 부모님이 없다면 내 삶도 없는 거나 마찬가지라고 생각했으니까.

"처음부터 거절할 것을….."

기덕이의 머리 위에 뜬 숫자 7 때문에 어쩔 수 없이 난 옥황상제의 기회를 받아들일 수밖에 없었다. 기덕이의 마지막 순간을 나처럼 보내게 하고 싶지 않았기에. 지옥에서 하루하루를 보내게 하고 싶지 않았다. 그래서 어쩔 수 없이 받아들였다. 결과적으로는 감사했다. 그 순간만큼은. 기덕이의 마지막 순간을 쓸쓸하지 않게, 고통스럽지만은 않게 보낼 수 있게 해줘서.

그 이후로는 나조차도 모르게 끌려갔다.
7이라는 숫자에.

리어카 노인. 열혈 소방관. 오랜만에 연락이 닿았던 친구. 그리고 치킨집 사장님.

많은 사람을 만났고 많은 죽음을 보았다. 조금은 죽음을 알게 되었고, 그들에게 삶이라는 것이, 내일이 있다는 것이 얼마나 소중한지 깨닫게 되었다. 실은 그 과정에서 살고 싶다는 생각을 했던 것 같다. 아무에게도 말하진 않았지만, 조금은 자살한 것을 후회하고 있었다.

그러나

어제 그 남자를 보고 또 한 번 깨달았다. 자살한 것은 후회하지만, 여전히 나에게는 살아가야 할 의미가… 용기가 없다는 것을. 나는 아직 부모님의 죽음과 슬픔에서 완전히 빠져나오지 못했다.

침대에서 천천히 몸을 일으켰다.

"다 떠나서 난… 그 사람을 용서할 자신이 없어."

나쁜 마음이지만 내 부모를 죽인 사람의 마지막 순간을, 그 사람의 마지막 일주일을 지켜볼 자신이 없었다.

내 목숨이 걸려있다고 해도.

***

익숙한 천장. 불 꺼진 등. 커튼 사이로 들어오는 햇빛.

"이틀을 꼬박 여기서 보냈네."
난 밥도 이틀이나 거른 채, 내 방 침대에 누워만 있었다. 머릿속이 정리되지 않아서. 아니, 정확히 말하면 대체 뭘 어떻게 해야 할지 모르겠어서.

이종석. 9211번 버스 기사.

장례식장에서 처음이자 마지막으로 보았던 남자. 나보다 두 배는 나이가 많아 보였지만, 내게 무릎까지 꿇으면서 미안하다고 잘못했다고 울며불며 빌던 남자. 그 남자를 다시 한번 보았다. 그의 머리 위에 떠 있던 붉은색 숫자 7. 지금은 아마 5로 바뀌어 있을 테지.

그렇게 힘겹게 눈보라를 뚫고 갔는데. 얼굴을 보자마자 몸을 돌려 다시 집으로 돌아왔다. '왜 하필 그 사람이지. 벌인가?'라고도 생각했었다. 내가 옥황상제와 개구리 선인들의 경고를 무시

277

히고 치킨집 사장님을 도와주어서 이런 벌을 받는 걸까.

이런 벌을 줘서 대체 얻는 것이 뭐라고. 아니야. 벌이 아닐 거야. 벌이 아닐 수도 있다고 생각했다. 왜냐하면 진짜 벌을 주려 했다면 그 자리에서 내게 준 유예기간과 기회를 뺏고 나를 다시 죽이면 간단했을 테니까.

"대체 왜 마지막에 그 사람을 만나게 한 거지…."

49일의 유예기간. 그리고 7명의 죽음. 그 죽음에서 무언가를 깨닫게…

잠깐.

생각하다 보니 이상한 것이 하나 있었다. 분명 옥황상제는 49일 동안 7명의 죽음을 마주하고 그들의 마지막을 의미 있게 해주라고 했다. 그런데 이번 주가 분명 마지막 주다. 그런데 우리 부모님을 죽인 이종석이라는 사람까지 포함한다 해도 7명이 되지 않았다.

기덕이. 리어카 노인. 소방관. 규일. 치킨집 사장님. 그리고 이종석.

"다해도 6명인데…."

한 명이 부족했다. 옥황상제와 개구리 선인들이 실수했을 리가 없다. 하지만 옥황상제는 분명 자신의 입으로 내가 만날 마지막 사람이라고 했었다.

천천히 날숨을 내뱉으며 생각에 잠겼다. 내가 놓치고 있는 게 있나? 분명 7명의 죽음을 마주한다고 했는데.

11월 11일. 부모님의 첫 제삿날이자, 내가 자살한 그 날. 그리고 옥황상제를 만난 그날. 그날부터 천천히 기억을 더듬었다. 49일간의 유예기간. 7명의 죽음. 그리고 그 죽음에서 삶의 소중함을 느끼는… 어?!

빠르게 몸을 일으켰다. 침대의 반동 때문에 용수철처럼 더 몸이 위로 튕겨 일어났다. 그리곤 빠르게 방을 빠져 나와 거실에 있는 전신 거울 앞에 섰다.

"처음부터 알고 있었으면서. 7번째 사람이 누구인지."

거울에 비친 내 모습. 숨을 몰아쉬고 있는 내 익숙한 얼굴 위로 밝게 빛나는 숫자가 보였다. 그렇다. 내가 49일 동안 지켜봐야 했던 7명의 죽음.

그 마지막 죽음은.
스스로를 살해한 나였다.

내 머리 위로 붉은색으로 빛나고 있는 숫자 5가 보였다.

***

연말의 거리는 어딜 가나 사람이 많았다. 해가 지고 어둠이 찾아왔지만, 거리에는 사람들로 북적였다. 송년회로 술자리가 늘어난 이유 때문이라 생각했다.

크리스마스가 지나고 1월 1일 새로운 해가 시작되기 전.

미뤄왔던 약속들과 바쁘다는 핑계로 보지 못했던 사람들을 이 기간에 모두 만나는 듯했다. 그러나 나에게는 송년회나 인간관

계보다 더 중요한 것이 있었다. 죽기 전 꼭 만나봐야 하는 사람. 그 사람을 만나서 확인해야 할 것이 있었다.

시내 쪽을 지나치니 인파가 순식간에 적어졌다. 차가운 바람을 가르며 나아가길 얼마 후.

나의 걸음이 멈췄다.

[세한운수]

또 이곳에 오고 말았다.

아직 그 사람을 용서할 생각 따윈 없다. 다시 살아나고 싶어서 그 사람을 만나러 온 것도 아니다. 그저…

"그 사람도 나도 마지막 남은 일주일이니까."

조금은 이야기라도 나눠보고자 했다. 어차피 둘 다 5일 후면 죽으니까. 방안에서 시간을 모두 보내버릴까도 생각했지만, 쳇바퀴처럼 보낸 지난 1년과 지금은 달라도 많이 달랐다. 누군가의 죽음을 옆에서 지켜보면서 나도 조금은 바뀐 것 같았다.

버스 종점으로 천천히 걸음을 옮겼다.

무작정 온 것이기에 그 사람이 버스 운행을 하고 있다거나, 비번으로 인해 쉬는 날이라면 못 만날 수도 있을 것이다. 하나 그사람을 만날 수 있는 곳이 이곳뿐이기에 우선 여기서 그를 기다리기로 했다.

줄지어 주차되어 있는 버스를 지나쳐 안쪽으로 보이는 건물로 다가갔다. 해가 진 시간이긴 하지만, 버스가 몇 시까지 운행되는지를 알기에 안쪽에 사람이 있을 것이라는 확신은 있었다.

똑똑.

문을 살짝 두드린 뒤 천천히 문을 열고 안으로 들어갔다. 난로 때문인지 문을 열자마자 따뜻한 기운이 느껴졌다. 완전히 몸을 안으로 이동시킨 후 문을 닫았다. 사무실이라기보다는 넓은휴식 공간처럼 보이는 곳이었다. 아마 이곳에서 기사님들이 휴식하는 것 같았다.

목소리가 들린 것은 그때였다.

"누구시죠?"

목소리가 들린 곳으로 시선을 옮기자 난로 주변 소파에 앉아 있는 남성이 보였다. 검은 머리칼 사이로 흰머리가 곳곳에 보이는 남성. 하늘색 셔츠에 검은 조끼를 입고 있는 모습으로 보아 버스 기사인 것 같았다.

"아… 다름이 아니라 이종석 기사님을 뵈러 왔는데요?"

내 목소리가 울리자 앉아있던 남성의 얼굴이 어두워졌다.

'뭐지? 저 반응은?'

어두운 표정을 짓고 있던 버스 기사가 소파에서 일어났다.

"그게… 지금 이종석 기사는 이곳에 없습니다."
"비번인 건가요?"
"음……"

어두운 표정을 짓고 있던 기사의 입에서 작은 한숨까지 흘러나왔다.

"혹시 무슨 일이리도 생긴 겁니꺼?"

"그게……"

쉽사리 말을 꺼내지 못하는 걸로 보아 아마 이종석에게 무슨 일이 생겼을 것이다. 쓰러졌다거나… 사고가… 났다거나. 그는 5일 후에 죽을 테니까. 입을 오물거리던 기사가 나를 보며 말했다.

"그런데 혹시 실례가 되지 않는다면 이종석 기사와 무슨 사이인지 물어볼 수 있을까요? 어떤 관계인지도 모르는 분께 말씀드리기 좀 곤란해서….."

이 반응 이해 간다. 갑자기 찾아온 이에게 속사정을 말하는 것도 이상하니까. 그런데 어떤 관계라 해야 할까. 리어카 할아버지 때처럼 그저 아는 사이라고 얼버무릴까. 아니면 지인이라고…

아니. 나도 마지막이니까. 나에게도 5일이란 시간밖에 남지 않았으니까. 이건 이종석 그 사람의 마지막을 위한 것이 아니라 어쩌면… 내 마지막 일주일이기도 하니까.

"1년 전. 이종석 기사님이 낸 사고로 목숨을 잃은 부부의… 아들입니다."

시야에 보이던 기사의 눈동자가 세차게 떨렸다.

"작년 그 사고의⋯."

반응으로 보아 이 기사도 우리 부모님의 사고를 아는 듯했다. 아마 이종석과 꽤 친분이 있는 사람인 것 같았다. 잠시 멍하니 그렇게 서 있던 우리였다. 그렇게 얼마간의 정적이 흐른 후. 기사의 입이 떨어졌다.

"우선 동료 기사로서 사과드립니다. 어떤 말을 해도 위로가 되지 않겠지만⋯ 죄송합니다."

"왜 기사님이 사과를⋯ 사과 안 하셔도 됩니다. 그리고 이종석 기사를 만나러 온 이유도 사과를 듣기 위해서가 아닙니다. 해코지를 하려고 온 것은 더더욱 아니고요. 그저 이야기를 좀 나눠볼까 해서 온 겁니다."

제가 후회할까 봐.
내 목소리에 기사가 숙였던 고개를 다시 들어 올렸다.

"그러시군요. 우선 소개가 늦었습니다. 저는 이종석 기사의 직장 동료 주용철입니다.”

“네.”

“우선 이종석 기사는 이곳에 없습니다. 그는 지금 병원에 있습니다.”

“병원이요?”

“네. 어제 출근하자마자 피를 토하고 쓰러져서 병원으로 이송되었습니다.”

지병이 있는 건가? 확실한 이유는 모르겠지만, 이곳에 그가 없다면 우선 병원으로 가봐야겠다.

“그렇군요. 그럼 혹시 어느 병원으로 갔는지 알려주실 수 있겠습니까? 꼭 만나봐야 해서요.”

“네. 알려드리겠습니다. 우선 그전에… 바쁘시지 않다면 시간을 내주실 수 있겠습니까? 꼭 드려야 할 말이 있습니다.”

“네? 무슨 말을….”

주용철 기사의 얼굴에 진지한 표정이 깃들었다.

“1년 전… 그러니까 이종석 기사와 당신의 부모님 사고에 대한… 진실입니다.”

진실. 내가 멍하게 서 있자 주용철 기사가 다시 말을 이어갔다.

"그날의 진실을 아는 이는 많지 않습니다. 당신의 부모님을 사망하게 한 것은 종석이가 맞을 테지만, 그것에는 이유가…"

"아니요. 이유 따위 상관없습니다. 저희 부모님께서 돌아가셨다는 게 중요한 겁니다. 그러니 더 이상 이야기하고 싶지 않습니다. 병원 주소만 알려주세요."

난 그렇게 그의 진심을 거절했다.

**

서울 삼목 병원의 한 입원실.
11시가 넘은 늦은 시각이 돼서야 난 그곳에 도착할 수 있었다.

문이 열린 틈으로 병실에 누워 있는 이종석이 눈에 들어왔다.
그러나 막상 그와 대화를 하려고 하니 가슴이 꽉 조여 오는 느낌이 들었다.

'아무렇지 않을 줄 알았는데….'

막상 바로 앞에서 대화를 하려 하니 나도 모르게 긴장을 한 것 인지 아니면 분노를 참을 수 없을 것만 같아서인지,

난 병실의 문턱을 넘을 수 없었다.

깊은 날숨을 내쉬며 문 앞에서 고민하길 몇 차례. 이윽고 결심 을 굳히고 병실로 들어가기로 마음먹은 그 순간.

누군가의 발소리가 복도를 울렸다. 천천히 고개를 돌리자마자 누군가 내 앞을 가로질러 병실의 문을 향해 나아갔다.

이상한 눈초리가 나를 향했지만, 이내 빠르게 몸을 돌린 내 반 응에 그녀의 관심은 순식간에 사라졌다.

조용한 병실에서 소리가 들리기 시작한 것은 그때부터였다.

"오늘은 또 왜 왔어? 공부할 시간도 빠듯할 텐데."
"왜 오긴! 아빠가 입원해 있는데 어떻게 안 와?"
"그냥 피곤해서 그런 거야. 별것도 아닌 것 가지고 참. 아직 실

기인가 뭐시기 남았다며."

"그런데 누구 손님 오기로 했어?"

"아니. 이 늦은 시간에 올 사람이 누가 있어. 왜?"

"아니, 밖에… 아니다. 그건 그렇고 이게 뭐야? 휴지 썼으면 휴지통에 좀 넣지."

다행인지, 불행인지 나에 대한 이야기는 잘 넘어간 것 같았다.

천천히 열린 문틈으로 다가가 병실 안으로 시선을 두었다.

환자복을 입고 있는 이종석의 곁에서 그의 딸로 보이는 여자가 주변 정리를 하고 있었다. 교복 차림인 걸로 봐서는 학생인 것 같았다. 가볍게 정돈을 마친 그녀가 보호자용 간이 의자에 가방을 내려놓았다. 가방에서 수험서를 꺼내는 것을 보니 올해 수능을 본 고3 학생 같았다.

이종석과 나눈 대화를 미루어 짐작하건대 대학 입시가 끝나지 않아 밤늦은 시간까지 독서실에서 공부를 하고 있는 중인 듯했다.

"피곤해서 쓰러지는 게 별것 아니야? 일 좀 무리하지 말라니까?"

"아이고. 그렇게 잔소리할 거면 집에 가서 일찍 자. 내일 또 공부해야지."

"하여튼. 진짜 말을 안 들어. 돈보다 건강부터 챙기라고 입에
달고 산 게 아빠인데, 왜 자기 몸은 못 챙기는 거야?"

"……"

앓는 소리를 하며 이종석이 고개를 돌렸다. 간이 의자에 앉아
있던 딸은 고개를 돌리고 있는 이종석의 옆모습을 바라보았다.

세월의 흔적이 고스란히 묻어 있는 깊게 파인 주름. 눈 밑에 두
드러지게 보이는 다크서클.

이종석의 얼굴을 눈에 담고 있던 딸의 눈가가 붉게 충혈되어
갔다.

"진짜 나 챙기는 만큼만 아빠도 챙기라니까. 엄마 없는 자식
이라고 놀림 안 받게 하려던 거 알아. 그런데 나도 졸업은 안 했
지만, 다음 주면 스무 살이야. 내 걱정 그만하고 아빠 몸 좀 생
각해."

"……"

"아빠가 악착같이 일만 해서 나도 공부에만 집중할 수 있었어.
이제 얼른 대학에 가고. 좋은 곳에 취직해서 아빠 편하게 해드릴

테니까. 제발 건강만 하라고."

딸의 목소리가 들린 뒤로 잠시 정적이 이어졌다.

"그것보다… 어떻게… 가고 싶은 대학에는 갈 수 있는 거야? 아빠는 그런 거 잘 모르니까…."

이종석이 자신의 딸을 바라보지도 못한 채 목소리만 내었다.

"좋은 대학을 바라는 게 아니라… 그냥 네가 가고 싶었던 대학에 갔으면 좋겠다고 생각해서…. 거기 가는 게 네 꿈이었잖아."

"수능점수는 잘 나왔다고 했잖아. 이제 2주 뒤에 있는 논술 시험만 잘 보면 갈 수 있어."

"아? 그래?"

딸의 자신감 넘치는 목소리에 이종석의 입꼬리가 작게 올라가는 것이 보였다. 그러나 아버지란 존재가 일반적으로 그렇듯 이종석 또한 표현에 서툰 편인지 금세 입꼬리를 내리고 굳은 목소리로 말했다.

"시험 2주밖에 안 남았는데, 어여 들어가서 쉬어. 내일 또 공부해야지."

이종석은 딸에게 등을 보이며 돌아 누웠다.

"참나. 왜 그렇게 집에 못 가게 해서 안달이야. 여자 친구라도 숨겨놨어?"
"이 녀석이 아주 아빠한테 못 하는 말이 없어."
"훗. 알았어, 갈게 가. 이렇게 화내는 거 보니 많이 좋아지긴 했나 보네."

딸은 그대로 가방을 들고 몸을 일으켰다.

"내일 또 올 테니까. 몸조리 잘하고 있어."
"아니, 내일모레면 퇴원하는데 뭘 또 와. 바쁜데."
"독서실이랑 가까워서 들르는 거야. 공부하고 잠깐 들를 테니까 걱정 안 해도 돼. 그럼 간다."
"그래. 차 조심하고⋯."

터벅터벅.

발소리가 문으로 다가오자 병실 밖에 있는 간이 의자에 앉아 버렸다.

"빨리 나아. 이번엔 꼭 온다고 약속했잖아. 졸업식…."

이종석의 딸이 마지막 말을 남기고는 병실을 나왔다. 곧장 몸을 틀어 엘리베이터가 있는 곳으로 향했기에 나를 발견하진 못하였다. 작은 날숨을 내뱉고 일어나 병실 문으로 향했다.

몸을 살짝 들어 딸이 나간 것을 확인한 이종석이 참았던 기침을 내뱉었다.

"컥…. 컥……."

숨까지 몰아쉬며 옆쪽에 있던 탁자에 손을 뻗어 휴지를 찾았다. 손을 이리저리 움직여 보았지만, 휴지가 잡히지 않았다. 기침은 계속해서 심해져 갔다.

"읍… 읍……."

짧은 신음과 기침을 강하게 참으며 계속해서 이종석의 손이 휴지를 찾기 위해 타자 위를 움직였다.

이리저리 움직이던 손.

그 떨리던 손에 휴지를 놓아주었다.

이종석이 손에 잡힌 휴지를 그대로 입으로 가져가 입안에 입던 피를 그대로 내뱉었다. 그리곤 천천히 몸을 일으켰다.

붉은 피가 휴지 전체를 적셔갔지만, 그것보다 자신의 손에 휴지를 준 사람이 더욱 신경이 쓰이는 건지 이종석의 눈은 빠르게 움직여 나를 향했다.

"자… 자네는….”

나를 발견한 이종석의 동공이 세차게 흔들렸다. 고통스러운 표정은 순식간에 사라지고 파리해진 표정을 짓고 있었다.

이곳에서 절대 만날 것이라 상상조차 못 한 사람의 표정을 짓고 있었다.

"1년 전. 당신이 죽인 부부의 아들입니다."

그렇게 난.
부모님을 죽인 그 사람의 얼굴을 처음으로 제대로 마주 보았다.

나와 같은 숫자가 머리 위에 떠 있는
그 사람을.

***

딸깍. 시계가 자정을 알리고.

정적만 흐르는 입원실이었다.
서로를 바라보고 있지만, 그 누구도 먼저 입을 열지 않았다.

마치 시간이 멈춘 것처럼 그 어떤 것도 움직임을 보이지 않았다. 소리마저도 사라진 것처럼 모든 것이 멈춰있었다.

그저 침대에 누워 있는 이종석의 머리 위에 있던 붉은 숫자만이 변하고 있을 뿐.

틱.

붉은색 숫자가 5에서 4로 변했다. 눈만 살짝 돌려 거울을 바라보았다. 내 머리 위에 떠 있는 붉은 숫자도 4로 변해 있었다.

"미… 미안합니다. 미… 미안합니다."

정적을 깨고 이종석의 목소리가 병원 안을 채웠다. 병원 침상에 반쯤 누워 있던 이종석이 무릎을 꿇고 고개를 숙이고 있었다.

"미안합니다…. 정말… 미안합니다…."

입에 묻은 피도 제대로 닦지 못하고서는 머리를 숙여 나에게 사과를 해댔다. 손에 들고 있는 휴지가 온통 붉게 물들어 있었다.

'입이나 더 닦지. 아니면 눈물이라도 닦든가.'

차마 그 말이 밖으로 나오지 않았다.

그저.

"사과하셔도 용서해 드릴 생각 없습니다. 아…"

"알고 있습니다. 그래도 죄송합니다. 정말… 미안합니다."

뒷말이 더 남아 있었지만, 이종석의 목소리에 그 말은 차마 하지 못했다. 크게 심호흡하고 이종석의 병상 옆에 있는 간이 의자로 몸을 옮겼다. 간이 의자에 앉아 말을 이었다.

"사과는 그만하셨으면 합니다. 사과받으려고 온 게 아니니까요."

무릎을 꿇고 고개를 숙이고 있던 이종석의 시선이 나를 향했다.

"이야기를 하러 왔습니다. 제대로 이야기해 본 적 없으니까요."

내 말뜻을 이해할 수 없다는 표정을 짓고 있는 이종석이었다. 그렇겠지. 대체 무슨 말을 한다는 말인가. 이유가 어떻든 사람을 죽게 만들었고 가정을 파탄 나게 했는데. 홀로 남겨진 이와 좋은 이야기를 할 수 있을 리 없다는 것을 그도 알고 있을 테지.

하나, 그럼에도 해야 했다. 이것은 그를 위한 것이 아니니까. 나를 위해서. 4일 후에 죽는 나를 위해. 꼭 지금의 시간이 필요하다 느꼈을 뿐이다.

"그만 편하게 앉아 주세요. 그렇게 계시면 제대로 이야기를 할 수 없으니까요."

내 목소리에 조금 눈치를 보던 이종석이 이내 편하게 자세를 잡았다. 그리곤 여전히 어두운 표정으로 나를 응시할 뿐 쉽사리 입을 열지는 못하고 있었다.

"우선 몸은 언제부터 이러신 겁니까. 지병이라도 있던 겁니까?"

담담하게 물었다. 편한 사이도 아니거니와 아직까지 그를 용서하지는 못했기에 그를 신경 쓰거나 배려하는 말투 따위는 하지 못했다.

"그게···."

"딱 한 시간. 딱 한 시간만 당신과 이야기할 겁니다. 그 뒤로는 다시는 당신을 보지 않을 것이고요. 우리가 이렇게 이야기 할 수 있는 시간도 다시는 없을 겁니다. 그러니 편하게 이야기하세요. 당신도 일 년 동안 할 말이 많았을 거잖아요. 저처럼….”

이종석이 나와 눈을 마주치지 못하고 그저 고개만 끄덕였다. 연신 고개를 끄덕이던 이종석이 무언가 결심한 듯 크게 심호흡을 한 번 하더니 조금은 편안해진 표정을 지었다.

“지병은 아닙니다. 몸이 급격하게 안 좋아진 것은 이번에 입원 하면서부터였고요. 며칠 안 되었습니다. 단지… 암이란 것을 알 게 된 것은 3개월 전이었습니다.”

“암….”
“네. 췌장암 말기라더군요. 그 시점에 의사의 말로는 길면 8개 월에서 9개월 정도 살 수 있다고 했습니다.”
“시한부 판정을 받은 거로군요.”
“그렇습니다. 그래도 반년은 더 살 수 있을 줄 알았는데. 요즘 드는 생각은 한 달도 못 버틸 것 같은 느낌이네요.”

한 달. 아니. 당신은 일주일도 버티지 못합니다. 정확히 말하 면 4일 뒤에 죽습니다.

그러나 속으로만 생각할 뿐 그 말을 내뱉지는 않았다. 아직 더할 이야기가 남았기에.

"딸도 알고 있습니까?"

내 목소리에 이종석의 표정에 균열이 발생했다.

"딸아이를 어떻게…."
"걱정 마십시오. 조사하거나 그런 건 아니니. 조금 전에 처음 알았습니다. 따님과 이야기하는 걸 조금 들었습니다."
"그렇군요. 그런 뜻으로 말한 건 아니지만, 어쨌든 딸에게는 이야기하지 않았습니다. 대학 입시 때문에 정신없을 텐데. 제가 아픈 것을 이야기하면 분명 공부에 전념하지 못할 테니까요."
"혼자 남겨질 딸도 그렇게 생각할까요?"
"그건…."
"뭐, 이건 제가 상관할 바가 아니니 그만 이야기하죠. 그럼 말기 판정을 받고도 일을 계속하신 겁니까?"

이종석이 고개를 끄덕였다.

"네. 버릇처럼 되어버려서요. 일을 하지 않으면 좀이 쑤시기

도 하고. 또 집에 있으면 오히려 딸이 병을 알게 되거나 걱정을
할 수도 있을 테니까요. 최대한 몸이 허락할 때까지는 숨기고 싶
었습니다."

나도 모르게 주먹을 쥐었다.

"너무 늦게 알아버린 딸은 생각 안 해 보셨습니까? 마지막이
라도 함께 시간을 보내야 하는 게 맞지 않습니까? 저렇게 어린
딸이. 아버지와의 추억도 없이 마지막 헤어짐도, 준비도 못 하
고 아버지를 떠나보내게 되면 얼마나 허망할지는 생각 안 해봤
습니까?"

내 목소리에 이종석의 표정이 더욱더 어두워졌다.

'내가 대체 왜 이런 말을 하고 있는 거야.'

이런 말을 하려고 온 것이 아니었다. 다른 이야기를 하려고 했
었다. 그런데 뜻하지 않은 말들이 입 밖으로 쏟아져 나왔다. 대
체 나는 왜 이런 말들을 그에게 하는 것일까.

가족이 둘밖에 없다는 걸 문밖에서 들어서? 이종석이 입학식,

졸업식에 한 번도 참석 못한 것을 들어서? 아니면 이 사람이 4일 후에 죽는 것을 나만 알고 있어서? 아니. 그나마 이유를 찾자면⋯ 혼자 남겨질 저 딸이 나와 같은 하루하루를 보낼까 봐, 그 지옥에서 살게 될까 봐⋯그게 마음에 쓰여서?

"착한 마음을 가지고 있는 분이시네요. 당신은⋯."

이종석이 낮은 목소리로 말했다. 그 목소리에 천천히 이종석에게로 시선을 옮겼다. 그곳에는 지금까지와 달리 편안한 미소를 짓고 있는 이종석이 있었다. 깊게 폐인 주름 사이사이로 인자한 모습이 담겨 있었다.

"부모의 목숨을 잃게 한 제가 미울 텐데. 제 딸아이를 걱정해 주시다니. 정말⋯ 염치없지만 당신은 참 착한 사람인 것 같네요. 언제나 만나고 싶었습니다. 그리고 사과하고 싶었습니다. 당연히 부모를 죽인 사람을 용서할 순 없겠지만, 사과하고 싶었습니다. 그때 제가 아니라 부모님을 죽게 해서 미안하다고⋯."

시야가 흐릿해졌다. 눈에서 눈물이 차오르기 시작했다. 내 의지와 상관없이.

눈물을 보이고 싶지 않았다. 이 슬픔을 들키고 싶지 않았다.

위로할 기회도. 사과할 기회도 주고 싶지 않았으니까. 나는 절대 이 사람을 용서할 수 없으니.

아무 말도 할 수 없었다. 그저 흐릿한 시야 사이로 떠오른 부모님의 얼굴을 꾹꾹 눌러 지울 뿐.

"장례식장에서는 경황이 없어서 말하지 못했지만… 언젠간 한 번이라도 좋으니 다시 만난다면 이 말을 꼭 드리고 싶었습니다."

흐릿한 시야 사이로 이종석의 모습이 보였다. 다시 침상 위에서 무릎을 꿇고 있었다. 그리곤 천천히 머리를 숙였다.

"당신의 부모님… 그렇게 용감한 사람들을 전 처음 보았습니다. 다른 이의 목숨을 구하기 위해서 자신의 목숨을 희생하는 사람은 흔치 않으니까요."

"으… 으…"

참았던 눈물이 흘러내렸다.

"으아아아…."

이종석이 다가와 나를 끌어안아 주었다. 자정이 넘은 늦은 시각. 병실은 어느새 두 남자의 목소리로 가득 찼다.

사실 처음부터 알고 있었다. 이 사람 잘못이 아니라는 것을.

우리 부모님의 차를 친 사람은 이 사람이 맞지만, 그 선택을 한 것은 이 사람이 아니라 우리 부모님이었다는 것을.

처음부터 알고 있었다.

***

11월 11일.
그러니까 부모님의 첫 제사이자 내가 스스로 목숨을 끊은 날로부터 정확히 일 년 전.

그날은 나의 생일이었다. 그리고 동시에 부모님이 하늘나라로 가신 날이기도 했다.

부모님과의 저녁 약속을 위해 다른 날보다 일찍 퇴근을 한 뒤 지하철역에서 가까운 한 초등학교 앞에서 부모님의 차를 기다리고 있을 때였다.

"어… 어…"
"저 버스 이상한데?"

인도를 걷고 있던 사람들의 시선이 한곳으로 모아졌다. 당연히 내 시선도 그곳으로 향했다.

학교 앞은 30km의 제한 속도 구간이었지만, 이상하게도 버스는 속력을 줄이지 않고 있었다. 얼핏 보아도 70km쯤은 가볍게 넘어 보이는 빠른 속도.

지나가던 행인들 전부 걸음을 멈추고 버스만을 바라보고 있었다. 마음속으로 퍼지고 있는 불안감을 느끼며.

그때 운명의 장난처럼 신호등의 색이 붉은색으로 바뀌었다. 그리고 버스와 거리가 있던 신호등의 건널목.

보행자들이 횡단보도를 건너기 시작했다.

학교 앞이었기에 횡단보도를 건너는 사람 대부분은 초등학생 아이들이었다.

위기감을 감지한 것은 아마 그 순간부터였을 것이다.

인도에 있던 행인들이 고래고래 소리치기 시작했다.

절규에, 비명까지 들릴 정도.

하지만

차의 속도는 줄지 않았고.

멀리 있던 탓인지 아니면 학교가 끝났다는 기쁨 때문인지. 그 것도 아니라면 평소처럼 아무 일도 없을 것이라는 태연함 때문이었을까. 아니면 너무나 어린아이들이어서였을까.

횡단보도를 건너던 초등학생 중 그 누구도 자신들을 향해 다가오고 있는 어둠을 알아채지 못했다.

"아… 안 돼!"

신호등에서 조금 떨어진 곳에서 부모님을 기다리던 내 입에서도 떨리는 목소리가 튀어나왔다. 그리곤 내 발이 내 의지와 상관없이 움직이기 시작했다. 횡단보도를 향해서.

차량 급발진.
텔레비전에서만 봐왔던 그 현상이 눈앞에서 일어날 줄은 상상도 못 했었다.

차량의 경적 소리와 행인들의 절규소리가 울려 퍼져 순식간에 아비규환이 되었다.

그러나 버스의 속도는 너무도 빨랐고 횡단보도에 있는 아이들은 패닉에 빠진 건지 그 자리에서 움직이지 못했다.

그렇기에 아이들이 눈앞에 있는 상황을 피하기는 어려워 보였다. 이대로 가다간 아이들을 치고 말 것이다.

이것이야말로 대형 사고다. 초등학생들의 죽음. 이것보다 더 큰 사고가 어디 있으랴.

도로도 이차선의 작은 길.

방법은 하나다. 버스가 스스로 속도를 줄이거나. 누군가 차를 막거나.

그때 횡단보도 가까이 다가왔던 버스가 도로의 중앙 분리대에 옆면을 부딪쳤다. 기사가 기지를 발휘해 최대한 속도를 줄이기 위해 한 행동으로 보였다. 아마 쇠로 된 중앙 분리대에 버스의 옆면을 부딪쳐 최대한 속도를 줄일 심산인 것 같았다.

아마 자신의 죽음도 각오하고 한 행동이리라.

모든 것을 지켜보고 있는 나로서도 이 방법이 최선이라 생각했다. 속도가 최대한 줄어 멈추든, 중앙분리대에 최대한 붙어 차가 뒤집히든.

기사도 같은 생각이겠지. 다른 사람이 다치지 않고 저 어린아이들도 다치지 않기 위해 한 선택.

버스가 전복되면서 기사 자신만 죽게 된다면 그것만으로도 감사하게 생각할 수 있는 상황이었다.

그리고 그 선택을 지금 기사는 실행으로 옮기고 있는 것이었다.

그러나

차량의 속도는 조금씩 줄어들고 있었지만 횡단보도 전에 멈추지는 못할 것 같았다.

왜냐하면.

이미 버스가 횡단보도를 건너고 있는 아이들의 바로 앞까지 와있었기에.

버스의 앞 유리창으로 울면서 소리치고 있는 기사의 모습이 보였다. 찰나의 순간이었지만, 난 분명 그의 노력과 절실함을 보았다.

"꺄아악!"
"제발 멈춰!"
"살려주세요!"

참사를 막을 수 없다는 걸 알게 되었는지 횡단보도 주변에 있는 행인들의 절규 소리가 울려 퍼졌다.

내 입에서도.

"멈춰!!!"

그때.

횡단보도의 옆.

작은 도로에서 튀어나온 차 한 대가 달려오던 버스의 앞으로 끼어들었다.

쾅!!!!!!

엄청난 소리가 들렸다.

그리고

공포에 잡아먹혀 움직이지 못하던 아이들이 그대로 주저앉았다.

가까이에 있던 행인들조차 움직이지 못하고 그저 비명만 질러댔다.

그러나 비명과 울음이 난무했지만, 횡단보도를 건너던 아이들은 무사했다.

최악의 결과는 일어나지 않았다.

그저…

그제야 멈춘 버스. 그 앞을 막으려던 검은 차 한 대로 사람들이 몰려들 뿐이었다.

"경찰에 신고해!"
"이 차 때문에 살았어!"
"버스가 아이들을 치기 전에 이 차가 끼어들어서 속도를 줄일 수 있었어."
"어서 119 불러!"

사고 당사자인 버스 기사도 앞문을 열고 터덜터덜 걸어 내려왔다. 얼굴 전체에 피를 뒤집어쓴 채로. 그리곤 검은색 차를 향해 다가갔다.

"제발! 119 좀 불러 주세요! 제발! 이분들을… 이분들을 살려 주세요! 제발…."

이미 검은색 차 주위로 많은 사람들이 몰려들어 있었다.

전화를 하는 사람. 울고 있는 사람. 어떻게든 차 문을 열려는 사람. 등등…

나도 그곳으로 다가갔다.

분명 영웅이라 불릴만한 행동이었다. 분명 일부러 사고를 막기 위해 한 행동일 것이다. 자신의 목숨을 담보로 아이들을 구한 것이다. 분명 대단한 일을 한 사람들이다.

저 사람들이 살린 사람의 수가 몇인지 셀 수도 없을 정도로.

그러나

차로 다가가면 다가갈수록 내 얼굴에는 허망함이 가득했다.

익숙한 차, 익숙한 번호판.

정신이 아득해진다. 세상의 모든 소리가 사라지고 있었다.

차의 앞에 도착했다.
부서진 앞 유리로 이미 정신을 잃은 두 남녀가 보였다. 나이가 지긋이 들어 보이는 부부로 보이는 중년의 남녀.

차의 이곳저곳에 장을 본 음식들이 이리저리 어질러져 있었다.

"엄마! 아빠!"

차 안으로 달려들었다.

손에 유리가 박히고. 손이 찢어져 피가 튀었지만 나는 계속해서 차량에서 손을 떼지 못했다.

"으아아아!!!"

대단한 일을 한 사람이다. 영웅이라 불릴만한 사람들.
이 세상에서 단 몇 명이나 이런 일을 할 수 있을지도 모를 정도로 대단한 일을 한 사람들.

그러나 나에게는 아니었다.

나에게는 그저.
내 세상의 전부가 사라진 것뿐이었다.

"엄마! 아빠!!!"

내 절규가 울려 퍼지고.

곧이어 도착한 구급대의 손에 나는 차량에서 떨어질 수밖에
없었다.

삐용 삐용-

내 절규와 함께 싸이렌 소리만이 도로를 가득 채웠다.

누구에게는 목숨을 구한 기적적인 날이겠지만
나에게 그날은 세상의 전부가 사라진 날이었다.

***

　한참을 이종석의 품에서 울다 병원에서 나왔다. 병원에서 나오기 전 그에게 딱 한 가지만 말해주었다. 당신은 4일 뒤 죽는다고. 그것이 내가 해 줄 수 있는 최선이었다. 나는 아직 용서할 준비가 되지 않았고 그의 마지막을 더 지켜볼 자신도 없었다. 그렇기에 딱 그 한마디만 해 주고 병원을 나왔다. 마지막인 것을 알아야, 이종석이 얼마 되진 않지만 그 시간을 자신의 딸과 함께 보낼 수 있을 것 같았기에.

　어느덧 시간은 빠르게 흘러.
　4일이라는 시간이 모두 지나 버렸다.
　그리고 난 옥황상제를 만나게 되었다.

　"용케 알아냈더구나. 마지막으로 지켜봐야 할 사람이 자신이란 걸."
　"거울에 비친 머리 위에 있는 숫자를 봤으니까요."
　"아니. 끝까지 모르는 사람도 있느니라. 거울로 볼 수 있는 것도 마지막 만날 사람이 자신이란 걸 깨달았기에 가능한 것이니라."
　"그렇군요."

내 머리 위에 있는 붉은 숫자가 이제는 다른 이들의 마지막처럼 시간으로 변해 있었다.

00:01:33

1분 30초. 이제 난 1분 30초 뒤에 죽는다.

"그래. 어땠느냐, 너의 마지막은. 너에게 의미가 있었느냐?"
"의미라…. 잘 모르겠습니다. 솔직히 지금까지 만난 사람들의 마지막을 제가 의미 있게 만들어 주었는지도 잘 모르겠습니다."

옥황상제가 뜻 모를 웃음을 지으며 고개를 끄덕였다. 원래도 수염 때문에 표정을 잘 읽을 수 없는 사람이긴 했지만, 유난히 오늘은 더 그의 표정을 잘 읽을 수 없었다. 옥황상제의 아래 있던 개구리 선인들이 나를 보며 한마디씩 했다.

"49일 동안 뭘 한 거야?"
"1분밖에 안 남았는데. 뭔가 깨달았어야지."
"이게 얼마나 귀중한 기회였는데. 모르겠다고 대답하다니. 쯧쯧."

개구리 선인들이 나를 보며 고개를 저었다. 그들이 저런 반응을 보이는 것도 이해는 간다. 49일 동안 죽음이 얼마 남지 않은 사람들을 만나면서 확실히 깨달은 것이 있으니까. 하루가 얼마나 소중한지. 평범한 사람들은 모르지만, 죽을 날을 받아 놓은 사람들에게는 그 하루에 얼마나 많은 의미가 담겨 있는지 알게 되었으니까. 개구리 선인들을 지나쳐 다시 옥황상제에게 시선을 옮겼다.

00 : 01 : 00

"이제 1분 남았느니라. 아직도 선택을 바꿀 생각은 없는 것이냐?"

"네."

옥황상제가 작은 한숨을 내쉬었다. 옥황상제가 어두운 표정으로 한숨을 내쉬는 이유. 그것은 바로 남아 있는 나흘 동안 내가 이종석을 만나러 가지 않았기 때문일 것이다.

"마지막 일주일 동안 내가 너를 만나지 않았던 것은, 마지막에 다다라서는 네가 삶의 소중함을 깨달았을 거라 생각했기 때문이다. 나는 다만 네가 삶의 응어리, 미래에 대한 갈망… 을 해소하

길 바랐다. 그래서 그 모든 접점에 있던 이종석, 그 사람을 만나게 해 준 것이다."

"……"

"벌이 아니었다. 단지 나는 네가 앞으로 더 살고 싶다는 생각을 품길 바랐었다."

알고 있었다. 그 정도는.

"내가 앞으로 살아가려면… 스스로 삶을 포기 했던 그때와 다르게 앞으로 나아가려면, 부모님의 슬픔을 이겨내려면 그 중심에 있던 그 사람을… 용서해야만 하니까."

내가 이번에도 아무 말이 없자, 옥황상제가 어두운 표정으로 날숨을 한 번 쉬더니 다시 입을 열었다.

"후회하진 않느냐…."

후회라는 건 삶에 대한 애정이 있는 사람들이나 하는 것이라 생각했다. 그렇기에 더욱 단호하게 대답했다.

"예, 저는 후회하지 않습니다."

00:00:10

내 머리 위에 있는 숫자를 보던 옥황상제가 천천히 눈을 감고 깊은 날숨을 내쉬었다.

딱!

옥황상제가 손가락을 한 번 튕기자 나와 옥황상제의 거리 중앙에 거울이 나타났다. 그리고 그 거울 속으로 물결이 일렁이더니 작은 화면이 나오기 시작했다.

"그는 이제 죽을 것이다. 그래도 저 사람은 좋은 일을 하고 떠났다."

거울의 화면에 비친 것은 이종석이었다. 자신의 딸과 거리를 걷던 이종석이 횡단보도로 뛰어들어 차에 치일 뻔한 어린아이를 구했다. 자신의 목숨과 맞바꿔서. 나는 그저 표정 변화 없이 그의 마지막을 보고 있을 뿐이었다. 옆에서 울고 있는 그의 어린 딸. 그리고 자신의 죽음을 직감한 듯 편안한 얼굴로 생을 마감하고 있는 이종석.

"아마 그는… 자네의 부모에게 큰 죄책감을 갖고 살았을 것이다. 그 마음의 빚을 갚기 위해 사람을 구하다 명을 다했다. 암 때문에 죽는 것이 아니었다. 사실 그는… 생명을 살리다 죽을… 운명이었다."

나는 어떤 말도 없이 그저 거울 속 이종석을 눈에 담고 있었다. 그 숨소리 뒤로 이어질 말이 마지막이란 것을 인지한 내가 그의 말에 집중했다.

00 : 00: 03

3초 남았다.

"나는 인간의 복과 삶을 관장하는 신… 옥황상제다. 그러나 기회를 줄 수는 있지만, 내 마음대로 사람을 다시 살려내지는 못한다. 너에게 준 49일의… 유예기간… 이제 그 시간이 다 됐음으로… 너를 다시… 죽음으로 인도하노라."

그렇게 시끄럽기만 했던 개구리 선인들이 어두운 표정을 지었다. 그들도 나의 죽음을 눈앞에 두니 연민을 느끼는 것 같았다.

옥황상제의 목소리가 마치 사형선고처럼 울리고.

00: 00 : 01

00: 00 : 00

머리 위에 떠 있던 시간이 끝이 났다.

그렇게 난 다시 살아날 기회를 모두 잃었다.

.

.

.

그러나

"이것이 내가 줄 수 있는 마지막 선물이다."

내 목소리가 울리고.

모든 것이 끝난 줄로만 알았던 옥황상제와 개구리 선인들의 입이 다물어지지 않았다.

"어떻게…"
"분명… 육체가 사라졌어야…."
"설마…"

개구리 선인들의 시선이 모두 옥황상제를 향했다. 그곳엔 이 제야 밝은 미소를 짓고 있는 옥황상제의 얼굴이 보였다.

"그래. 그런 것이로군. 자네는 이미…."

내 몸이 밝게 빛나기 시작했다.

"시험을 통과했었던 거로군."

내 몸에서 뿜어져 나오던 빛이 그곳에 있던 모든 것을 집어삼 켰다.

나에게는 아직 마지막 할 일이 남아 있었기에.

***

시간을 다시 되돌려.

4일 전.

그러니까 내가 병원을 나오고 난 직후. 나는 다시 걸음을 돌려 이종석의 병실로 들어갔다. 그리고 그의 손을 잡고 이렇게 말했다.

"당신이 죽을 때가 되어서 이러는 게 아니라. 제가… 제가 편해지고 싶어서. 제게 남은 4일을 행복하게 보내고 싶어서 말씀드리는 겁니다. 당신을 용서해야… 내 손으로 목숨을 끊은 나에게 속죄가 될 것 같기에. 그리고…."

울고 있는 이종석의 손을 맞잡았다.

"우리 부모님은 당신 때문에 죽은 것이 아니라… 자신의 목숨을 희생해서 미래가 창창한 어린아이들을 살리기 위해 떠난 거예요. 그 아이들에게 삶의 소중함을 알려주기 위해서요."

그의 얼굴을 보며 처음으로 웃어 보였다.

"용서할게요. 내가 당신을. 우리 부모님은 정말 멋있는 사람이에요. 당신을 위해서가 아니에요. 내가 마지막이라서. 내가 죽는다면… 다시는 후회하지 않게. 내 남은 날이 예전처럼 지옥이지 않았으면 해서요. 죽음을 앞둔 사람들을 만나면서 하루가, 생명이 얼마나 소중한지 깨달았으니까요. 그러니 당신을 용서해요."

그렇다.

내가 이종석을 용서하는 그 순간.

나의 시험은 이미 끝이 났었다.

오늘이라는 시간과 생명이라는 소중함을 진심으로 깨달은 순간.

나는 더 이상 나를 미워하지 않을 수 있게 되었다.

***

천천히 눈이 떠졌다.

"뭐지… 난 방금 아이를 구하고 죽었을 텐데…."

이상한 것이 한둘이 아니었다. 온몸에 퍼지던 고통이 사라진 것도 신기했지만, 눈앞을 채우던 광경도 완전히 바뀌어 있었다.

차에 치일 뻔한 어린아이를 구하고 난 뒤, 분명 딸아이의 얼굴을 보며 마지막 인사를 했었다. 꿈이 아니었다. 분명 그것이 현실이었을 텐데.

"이게 대체 어떻게 된 일이지…."

눈 앞에 펼쳐진 것은 천국도 지옥도 아니었다. 그것은 1년 전 사고 당일.

내가 타고 있던 버스가 급발진해 횡단보도에 있는 어린아이들을 치기 바로 직전의 상황이었다.

급박한 상황.

꿈이라면 이것은 분명 악몽일 것이라 생각했다.

이날의 기억 때문에 잠이 드는 게 무서웠을 정도였으니까.
그러나 그때와 달리 나는 버스 운전석에 있는 것이 아니었다.
내가 있는 곳은…

"여보… 미안해."
"아니요. 저였더라도 이렇게 했을 거예요."

버스를 들이박아 속도를 줄여준 검은색 차. 나 때문에 죽었던
그 영웅들의 차 뒷좌석에 탑승해 있었다.

"급발진 때문일 거야. 사고가 나면 저 기사 죽을 때까지 평생
후회할 거야. 자신이 어린아이들을 많이 죽인 것 때문에…."
"우리 지웅이도 저만했을 때가 있었는데… 저 아이들이 죽는
다면 부모들은 평생을 지옥에서 보내게 될 거예요."

남자가 여성의 손을 잡았다.

"이 방법밖에 없어. 미안해 여보. 아이들은 살려야지….”

"괜찮아요. 그저… 우리 아들 오늘 생일인데 아침에 미역국 못 끓여준 게 마음에 걸리네요.”

남자와 여자의 눈에서 눈물이 흐르기 시작했다. 그리고 뒤에 타 있던 내 눈에서도 참을 수 없는 뜨거운 눈물이 흘렀다.

이런 마음이었구나. 정말 대단하신 분들이었구나. 난 정말 이 분들에게 은혜를 입었던 거구나.

"미안합니다… 감사합니다… 너무… 감사합니다… 감사합니다… 감사합니다….”

쾅!!!!!

엄청난 소리와 함께 모든 것이 빛에 잡아 먹혔다.

그렇게
마지막이 돼서야 마음의 빚이 조금은 사라지게 되었다.

00 : 00 : 00

***

1월 1일

꿈같던 시간이 끝이 났다. 내 머리 위에 있던 숫자는 말끔하게 사라졌다. 그리고 그 뒤로 사람들의 머리 위에 있던 숫자가 보이는 일은 다시는 없었다. 집을 나와 빵집으로 향했다. 내가 자살하고 난 뒤 49일 동안 많은 일이 있었다. 그리고 많은 사람을 만났다.

사람은 언젠가 죽는다. 하나, 사는 동안은 죽음을 저 우주처럼 너무도 멀리, 나와는 상관없는 것이라 생각하며 지낸다. 그러나 이제 나는 좀 다르다.

옥황상제를 만난 뒤 49일 동안 난 죽음이라는 것을 누구보다 가까이서 체험했다. 내 친구 기덕이. 리어카 노인. 소방관. 규일이. 치킨집 사장님. 버스 기사. 그리고 나까지.

전과 같은 삶을 살았다면 그들의 삶이 어떠했고, 저마다 어떤 이야기가 있었는지 평생 몰랐을 것이다. 그러나 죽음을 경험하며, 그들의 마지막을 지켜보며 나는 많은 것을 깨달았다.

한 생명이 얼마나 소중한지를, 그리고 이 하루가 얼마나 소중한지 알게 되었다. 왜 내게 이런 기회가 주어졌는지는 모르겠지만 그래도 감사하다. 우리가 헛되이 보내고 있는 오늘이 죽음을 앞둔 사람들이 그토록 바라던 내일이란 말을 몸소 깨달았으니까.

그렇기에… 이제는 나의 하루가 너무도 소중하다.
우리 부모님이 목숨을 바쳐 아이들을 구한 이유도 그러했을 것이다.

빵집 문을 열었다.

처음으로 아주머니를 보며 웃어 보였다.

"안녕하세요. 좋은… 아침입니다."

옥황상제의 거처.

개구리 선인들이 날뛰기 시작했다.

"귀인입니다! 귀인!"
"이정도 귀인은 거의 100년 만이라고요!"

흰 머리가 지긋한 인간들이 개구리 선인의 모습을 보고는 놀라 두 손을 맞잡았다.
그들을 내려다보던 옥황상제가 목소리를 내었다.

"오랜만이구나. 이정도의 귀인은. 그래, 너희들의 소원이 무엇이냐? 원한다면 바로 살려줄 수도 있다. 아니, 나이가 있으니 그것보다 다음 생에 부자로 태어나게 해주겠다. 왕족, 아니 평생을 병치레 없이 건강한 부자로 살게 해주겠다."

어느 정도 지금의 상황을 파악한 두 귀인이 서로를 바라보더니 이내 고개를 저었다.

"그것들 다 필요 없습니다."
"그저 소원을 빌 수 있다면….."

그들의 목소리에 날뛰던 개구리 선인들이 크게 입을 벌렸다.

"하나 있는 아들이 걱정입니다."
"저희가 죽는 걸 눈앞에서 보았습니다."

그 목소리에 개구리 선인 하나가 주머니에서 명부를 꺼내 스르륵 페이지를 넘기기 시작했다. 명부로 개구리들의 얼굴이 모여들었다.

"음… 맞네."
"그 아들놈. 1년 뒤에 죽습니다."
"자살로."

개구리 선인의 목소리에 옥황상제가 혀를 차기 시작했다.

귀인이 말했다.

"그럼 저희에게 주려던 그 기회 혹시… 우리 아들에게 줄 순 없습니까?"
"뭐? 그 엄청난 기회를 아무리 자식이더라도 다른 사람에게 주겠다고?"

귀인들이 고개를 끄덕였다.

"네. 저희는 이생에 미련이 없습니다. 너무도 행복했습니다.
마지막도 저희가 선택한 것이고요. 그러니 우리 아들에게… 생
명의 소중함을 알게 해주십시오."
"행복하게 살게 해주십시오. 우리가 사람들을 구했던 것처럼,
자신의 목숨도 소중하게 지키면서요."

귀인들이 손을 맞잡았다.

"생명이 얼마나 소중한 것인지, 하루가 얼마나 소중한 것인지.
알게 해주시면 감사하겠습니다. 우리 아들 지웅이가."

〈작가의 말〉

2016년. 제가 처음 작가가 되기로 마음먹은 날입니다. 그리고 같은 해 처음 나온 소설이 바로 《세븐 데이즈》이고요.

《세븐 데이즈》는 제 소설 데뷔작입니다. 웹소설의 형태로 출간했었고요. 지금의 이 단행본으로 출간되기 위해 많은 수정작업을 거쳤습니다. 포기하지 않고 노력해주신 송세아 편집장님께 이 자리를 빌려 깊은 감사의 말을 전합니다.

저는 장르 소설, 요즘엔 스마트폰으로 보는 웹소설을 쓰는 작가입니다. 8년 동안 웹소설을 썼고, 지금도 전업으로 웹소설을 쓰면서 살아가고 있습니다.

종이책으로 출간되긴 하지만, 이 책의 뿌리 역시 장르 소설입니다.

깊은 울림과 인간 내면에 대한 고찰을 만들어 낼 수 있는 글은 아니지만, 그저 편하게 그리고 즐겁게 읽어줄 독자들을 생각하며 쓴 글입니다. 하루의 소중함. 생명. 거창한 내용이 들어가 있지만, 실은 집필 당시 저는 이 책에 무언가를 담으려 하지 않았습니다. 그저 읽는 분들이 책을 덮었을 때 하늘을 올려다보기만을 간절히 바라며 썼습니다.

제 마음이 닿기를 소망해 봅니다.

'쓰는 자의 고통이 읽는 자의 기쁨이 된다.'라고 생각하며 오늘도 타자기가 아닌 영혼을 두드리고 있습니다.

여러분이 있어 쓰는 행복을 누리며 살고 있습니다.
감사합니다.

작가 양복선

세븐 데이즈

초판 1쇄 인쇄	2024년 3월 29일
초판 1쇄 발행	2024년 4월 12일

지은이	양복선

펴낸이	이장우
책임편집	송세아
디자인	theambitious factory
편집, 제작	안소라 김소은
관리	김한다 한주연
인쇄	KUMBI PNP

펴낸곳	도서출판 꿈공장플러스
출판등록	제 406-2017-000160호
주소	서울시 성북구 보국문로 16가길 43-20 꿈공장 1층

이메일	ceo@dreambooks.kr
홈페이지	www.dreambooks.kr
인스타그램	@dreambooks.ceo

전화번호	02-6012-2734
팩스	031-624-4527

* 저자 고유의 '글맛'을 위해 맞춤법 및 표현 등은 저자의 스타일을 따릅니다.

ISBN	979-11-92134-64-2
정가	16,800원